メディアワークス文庫

宮廷医の娘3

冬馬 倫

目　次

六章　医と食

中原国《なかはらこく》という国がある。

この大陸の中央に存在する国、中原を支配する強国、文化的な国として知られているが、その文化を維持しているのは経済力だった。

四方の国だけでなく、南洋や西域の国々とも貿易をし、巨大な富を築き上げているのだ。

一説には周辺諸国の貨幣の七割が中原国産の中銅青寶《ちゅうどうせいほう》と呼ばれる銅貨であるという話もあるほどだ。

無論、それは誇張ではあるが、完全な虚偽ではなく、中原国の豊かさと技術力の高さを象徴する逸話でもある。

そしてその豊かさを集約するのが、中原国の南都《なんと》にある宮殿。

――散夢宮《さんむきゅう》、南都遷都を決めた中原国一〇代目皇帝の遺産。

壮麗にして華麗な宮殿で、その広さは周辺を歩くと一日では済まないほどである。最新の技術と伝統を兼ね備えた建物群は、朱色と金色をふんだんに使っており、威容を誇っていた。

そんな立派な建物群を見上げるは陽《よう》家の見習い医、陽香蘭《こうらん》。

大きな溜《た》め息《いき》を漏らしながら宮殿の壮麗さを嘆く。この建物を建てる金で何人分の薬が作れるだろう、という嘆息であるが、もっと現実的な意味もある。

散夢宮はその広大な敷地《しきち》や建物の豪華さのせいで、とても迷いやすいのだ。

「一〇度来て一〇度迷う」

それが香蘭の率直な感想であった。

散夢宮は東西南北に苑《えん》が分かれ、碁盤状に整地されている。

建物は常に改築と移築がされており、目印となる建物がすぐに変わってしまうのだ。週に一度しか足を踏み入れない香蘭が覚えられるはずもなく、今日もこのように迷子になっていた。

現在位置を見失い、東苑の東宮御所ではなく、皇帝の御所に迷い込んでしまう。

普段ならば明確な境があり、迷い込むことなどないのだが、その日はたまさか工事が行われており、簡単に侵入できてしまったのだ。

御所の中心地近くまで迷い込んでしまってから、やっと気が付いた香蘭であったが、ときすでに遅し、皇帝陛下の女官に誰何《すいか》されてしまう。

「そこのあなた、見慣れない顔ね」

　そこのあなたが香蘭以外である可能性は零《ゼロ》――ここは大人しく振り向くしかない。出来るだけ愛想を込めて笑みを浮かべながら、敵意がないこと、怪しいものではないと主張する。

「す、すみません。わたしの名前は一二品官東宮府所属宮廷医見習い陽香蘭です」

「東宮様の御典医……」

「見習いですが」

「その見習いがなぜ、この場所に？」

「それは迷ってしまって……」

　香蘭は正直に事情を話す。自分が週に一度しか参内《さんだい》しないこと、普段は貧民街の白《びゃく》蓮《れん》診療所で医者をしていること、世間知らずの下町娘であることを説明すると、女官は納得したようだ。

「今は御所の工事をしていますからね。境界が曖昧です。しかし、ここは皇帝陛下の御所。東宮様の家臣とはいえ、みだりに立ち入っていい場所ではありません」

「それは重々承知しております」

　平身低頭して謝ると女官は許してくれる。度量が広い。

　彼女はさらに帰り道まで教えてくれる。頭を下げながら礼を言うが、頭を上げたとき、香蘭はふと気が付いてしまう。

――女官の顔がむくんでいる。

通常、女性の顔がむくんでいると指摘することは御法度だ。特に美容に命を懸ける後宮の女には。

しかし、香蘭は後宮の御典医見習いであった。病的な陰のあるむくみを見逃すことは出来ない。憚《はばか》りながらもそのことを指摘すると、女官は目を丸くした。症状を的確に指摘されたことに驚いているようだ。彼女は大きな吐息をつきながら言った。

「……そうなのよ。最近、顔のむくみがひどくて」

「お身体《からだ》に触れてもいいですか？」

女官は一瞬躊躇《ためら》ったあと、許可をくれる。

香蘭は彼女の細腕を摑《つか》み、脈を取る。瞳孔も確認する。腹を触らせてもらい、月のものの周期も尋ねる。

「――非妊婦」

「え？　なにか言った？」

「いえ、こちらのことです」

女を見れば妊娠を疑え、とは師の言葉である。妊婦には施してはいけない治療法が山ほどあるのだ。しかし、今回はその心配はいらない。

「顔がむくむ以外にお困りの症状はありますか？」

「そうね。手足にもむくみがあるし、あとは倦怠感《けんたいかん》があるわ」

「なるほど、色々な可能性が考えられそうですが……」

ふうむ、と、顎に手を添え、考えを巡らせていると、遠方からいきり立った女官が大股で歩いてくるのが見えた。なにやら怒っているようだ。その姿を見て目の前の女官は天を仰ぐ。

「厄介なのに見つかってしまったわね。あの方は古株の女官なんだけど、あだ名が鉄古《てっこ》女《にょ》」

「すごいあだ名ですね」

「鉄のように固い古女という意味」

「そのまんまですね。となれば迷い込んだとか、所用があったとか、その手の言い訳は通用しそうにありませんね」

「そういうこと。さ――、さっさと戻って」

「はい」

香蘭は素直に従うが、女官への心遣いも忘れない。

「もしも症状が継続するようなら、一度、東宮御所の診療所にやってきてください。わたしの名前を出せば色々と取り計らってくれるはずです」

「ありがとう。でも、手足のむくみや痺《しび》れなんてよくあることよ。わたしの仲間はみんなそう」

よくあることだから怖いのです、そのように伝えたかったが、それは出来なかった。

大股で歩く女官の後ろに衛兵がいたからだ。

無論、捕まっても牢屋《ろうや》送りにはならないだろうが、上司である内侍《ないじ》省東宮府《しょうとうぐうふ》長史《ちょうし》の岳配《がくはい》に迷惑を掛けてしまう。それは本意ではなかった。

香蘭はそそくさと撤退すると、そのまま東宮御所へ戻った。

東宮御所、政務所の一室。

そこではこの国の舵取《かじと》りを担う東宮劉淵《りゅうえん》が書き物をしていた。

地方の行政官に送る朱印状を書いているようだ。

右筆に書かせないのは東宮の気性を表す。

国の大事、政《まつりごと》に関することは自分の責任でやりたいという気持ちの表れであった。

将来の皇帝としては生真面目で立派だと思うが、一日に数百枚も朱印状を書いている姿を見ると、身体が心配になる。事実、東宮は腱鞘炎《けんしょうえん》の気があり、時折、按摩《あんま》をせねばならないほど筋肉が凝り固まっていた。

今日も紙が尽きたところを見計らって東宮の右腕を揉《も》むと、彼は笑い始めた。

「もしかしてくすぐったかったですか？」

「いや、そうではない。いい心地だ。按摩屋を開業できるほどだぞ」

「それは有り難きお言葉。失業したら開きましょう」

「そのときは言ってくれ。店でも持たせてやろう」

東宮様ならば都で一番の大店《おおだな》をくださりそうだな、と思ったが、口にすることなく会話を続ける。

「それではなぜ、笑っているのです？　楽しいことでもありましたか？」

「あったとも。おまえが先ほど言っていたではないか」

「ああ、あれですか」

先ほど岳配がやってきたときに、御所に迷い込んだ一件を報告したのだ。東宮は書類と睨《にら》めっこをしていたから聞いていないと思ったが。

「あのように面白い話は聞き漏らさんよ。ぼうっとしたあまり後宮に忍び込むとはな」

「東宮様の家臣として申し訳なく思っています」

「思うな思うな。後宮に入るなどなんだ。そもそも柵をこしらえていなかったほうが悪い」

「お心遣い痛み入ります」

「まあ、男はともかく、女官の出入りについてそこまで厳しくしないでいいと思うのだがな。まったく、古き習慣というのは面倒だ」

なんでも昔、女官の姿に化けて御所の女官と逢《あ》い引《び》きをしていた不届きものがいたらしい。以来、女官でも出入りが厳しくなっているそうな。他人事《ひとごと》のように言うが、東宮自身、女官に化けて宮殿を抜け出していることを考えると、言えた義理ではないような気もする。指摘はしないが。

そのような世間話をしながら、東宮の脈を取る。

香蘭の主な仕事は東宮の体調管理。

中原国の東宮はこの国の皇太子であると同時に摂政――。政治に興味がない風流皇帝の代わりに国の舵取りをしているのである。

大げさかもしれないが、彼がくしゃみをすれば国が風邪を引く。異民族の侵攻を受けている現在、国の弱体化はそのまま滅亡へと繋《つな》がる。中原国に住まう臣民としては彼の健康に留意せざるを得ない。香蘭は東宮の身体を事細かに調べると、異常がないことを確認した。

香蘭は東宮の身体のとある部分に着目する。改めて主の身体に見入る。

(しなやかな羚羊《かもしか》のような身体付きだな。――それだけでなく)

武人らしからぬ華奢《きゃしゃ》さも感じさせるが、その身体には無数の古傷があった。

戦場を往来したもの特有の傷、戦場の勇者である証《あかし》が至る所に存在した。

元服以来、皇帝の名代として数々の戦場に立ってきたと岳配から聞き及んでいたが、彼の勇名は虚構ではないようだ。

香蘭は政戦両略に長《た》けた皇太子を頼もしげに見つめながら、主のはだけた着物を元に戻した。

†

香蘭は宮廷医見習いであると同時に白蓮診療所の見習いでもあった。丁稚《でっち》でもあり、小間使いでもある。散夢宮で華麗な衣裳《いしょう》に身を包んだ翌日には、白衣を着て貧民街の一角で医療を施しているのだ。

その落差に驚くものは多いが、香蘭としては白蓮診療所のほうが本分だと思っていた。香蘭の夢は正式な宮廷医になることだが、そのためにはここで医療を学ぶほうが近道のはずであった。

香蘭の師である白蓮は、性格はわが――、個性的ではあるが、その分、医療の技術は凄《すさ》まじく、天下一品の技倆《ぎりょう》を持っていた。

頭蓋骨を切開して血栓を抜いたり、千切れた腕をくっつけたり、仙術にも似た奇跡を起こす医者。世間からは神医《しんい》と呼ばれ、尊敬の念も集めている。

そのような人物の弟子となり、技術を学べることはとても僥倖《ぎょうこう》なことであり、貴重なことであった。香蘭は白蓮と出逢《であ》ったことを天に感謝しつつ、今日も診療所の門をくぐった。

時間通りに訪れた香蘭に白蓮は言い放つ。

「半刻《はんとき》ほど遅刻だぞ。給金を減らすからな」

舶来品の時計を見ながら嫌みたらしく言う白蓮。

香蘭は天に向かって嘆くが、皮肉を返すことなく、〝進んだ時計〟の針を半刻ほど戻す。

「なんだ、壊れていたのか。まったく、これだからこちらの世界の機械は信用ならない」

香蘭に対する詫《わ》びは一言もなかったが、気にしない。師である白蓮はそういう人なのだ。

ちなみにこの時計は近所に住んでいる変わった〝発明家〟に貰《もら》ったものだ。親知らずを抜いた礼に貰ったもので、一日の時間を機械が示してくれる。

歯車やバネというものが使われていて、針が干支《えと》を指し、時刻を教えてくれるのだ。遙《はる》か西域よりもたらされた技術が使われているらしいが、香蘭としては太陽や鶏のほうが正確な時刻を示してくれると思っている。

　さて、開口一番に〝いつもの〟皮肉を貰った香蘭であるが、忠誠心もやる気も下がらない。師がこのような人物であることは承知の上であったし、それを差し引いてもこの診療所では学べることが多いのだ。皮肉をひとつふたつ貰ったところで腹が立つことはなかった。

　今日もいつものように白蓮の横に寄り添い、余さず彼の技倆を観察した。

　相も変わらず見事な技倆に感服させられる香蘭であった。

　これが香蘭の生活である。週に一度だけ宮殿に参内、残りの六日は白蓮診療所で修行に励む。見習いの身であるが、最近は医療行為も任せてもらっていた。

　特に月に数度ある無料診療の日は重宝される。

　朝から晩まで、診療所前に並ぶ患者たちの整理から治療まで、香蘭は八面六臂《はちめんろっぴ》の活躍を見せるのだ。お陰で白蓮診療所の評判はうなぎ登り、――とは言い切れない。

　たしかに香蘭の参加によって無料診療の日は増え、治療できる患者の数も増えたが、それでもすべてを治療できるわけではなかった。何百人もの患者が列を成すが、治療を行えるのは一握りだけ。籤《くじ》に当たった幸運な患者だけが治療を受けられるのだ。

　無論、〝正規の料金〟を支払えば誰でも治療は受けられるが、神医白蓮が要求する治療費は法外に高い。それを易々《やすやす》と払えるのは裕福な商人や貴族だけであった。

祖父から仁医になれと言われて育った香蘭としては、この状況は望ましくなかったが、嘆いたところで白蓮の手が増えるわけでもない。

籤に当たったものだけを治療するという行為は一見、薄情に見えるが、だからといって公正公平に治療する方法も浮かばなかった。

白蓮のような先進的で前衛的な治療をするのには金が掛かるのだ。「受益者負担」の原則に従って患者に治療費を請求するしかないのが実情であった。

「白蓮殿のいた世界には国民皆保険というものがあるらしいが」

国民皆保険とは国民が強制的に加入させられる保険の一種で、相互扶助の精神に基づき創設された制度だ。健康的な国民が普段から医療費の一部を負担し、病人の面倒を見る制度で、万が一の際には加入者が全員、同一の金子で医療を受けられるという夢のような仕組みだった。

白蓮いわく、「民度が整っていないと実現しない奇跡の制度」らしいが、香蘭はいつかこの国でも「国民皆保険」を実現させたかった。

そのためにはまず医道科挙に合格を果たし、正式な宮廷医となり、宮廷で実績を積むことが一番だ。香蘭は宮廷からこの国を変革したいと願っていた。それを実現するため、日々、邁進《まいしん》するが、そんな香蘭の心を知らずに悪態をつくものがいる。

「この守銭奴婆《ばばあ》が！」

守銭奴婆。――酷《ひど》い罵り言葉である。

守銭奴自体蔑称であるが、うら若き乙女を婆と呼ぶなど、良識を疑う。ただ、守銭奴という部分には心当たりがあったので、反発することは出来なかった。それにこの暴言を投げかけてきたのは一〇歳にも満たない少年であった。彼から見れば一六歳の香蘭は年嵩《としかさ》に見えても仕方ないだろう。

香蘭は溜め息をつきながら少年を諭した。

「君、人にそのような汚い言葉を使ってはいけないよ」

常識論であるが、少年は堪《こた》えないようで、「守銭奴」「吝嗇《りんしょく》」「天魔の手先」などと罵倒してくる。反論したいが、〝手先〟という言葉を使うあたり、彼は白蓮診療所の実情を知っているのだろう。診療所の主の経営方針を知った上で、弟子である香蘭を批難しているのである。

よく見れば少年の顔には見覚えがあった。

無料診療の前日には必ず列に並び、籤を引く少年。毎回、籤に外れては悲しげな表情で立ち去っていく少年だった。昨日の籤引きでも外れてしまったようで、もう堪忍ならん、という態《てい》で香蘭を罵倒してくる。

「――すまない。また籤に外れてしまったんだね」

「そうだ！　この悪魔め！　なんで毎回、外れの籤を引かせるんだよ！　もう四回も連続して外れてるんだぞ！」

「本当に申し訳ない。でも、天に誓って不正はしていない。公正に当たり籤を入れている」

「ならなんで当たらないのさ」

「………」

運が悪いから――、一言で返すとそうなるのだが、口にすることは出来ない。それほど少年の表情は真剣だったし、切羽詰まっていた。感極まったのか少年は泣き出す。

「く、くそお、なんで籤が当たらないんだよ、なんでじいちゃんを治療してくれないんだよ。このままじゃじいちゃんが死んじゃうよ。たったひとりのじいちゃんが死んじまうよぉ」

先ほどまでの強気が一転、年相応の脆《もろ》さと弱さを見せる。堰《せき》を切ったように泣く少年が憐れに思えた香蘭は話だけでも聞くことにした。

南都の大通りを少年と歩く。

大通りのほうに来たのは、この辺ならば少年が喜ぶような屋台があると思ったからだ。香蘭の推測は正しく、大通りには屋台が軒を連ねていた。

香蘭は屋台で月餅と甘食を買うと、それを持って広場に向かった。月餅と甘食を半分に割ると少年と分け合って食べる。少年は最初、警戒をしたが、甘味の誘惑には勝てなかったらしく、一口口を付けるとあっという間に食べてしまった。

香蘭は自分の分の月餅も渡してやると、甘食の端に口を添える。一口目を嚥下《えんか》し終えると、少年に事情を聞いた。

「お爺《じい》さまは病気なのか？」

「……そうだよ。内臓が悪いんだ。医者いわく、腹を切り開かないといけないらしい」

「……そうか」

その医者は治療してくれないのか、とは問えない。この国で腹を切り開く外科手術を行える医者は貴重だ。白蓮ほどではないにしても高額な治療費が必要だった。

聞けば少年には他に家族はなく、祖父とふたり暮らしらしい。赤貧と清貧の間のような暮らしをしているふたりに治療費を払う余裕などないだろう。

「うちは貧乏なんだ。とうちゃんもかあちゃんも虎狼狸《コロリ》で死んだ。それ以来、じいちゃんがひとりでおれを育ててくれたんだ」

「………………」

「じいちゃんはずっと働きづめだ。おれが生まれてから麦飯以外食べたことないって言ってた。贅沢《ぜいたく》なんてしたことないんだ。おれは大きくなったら金持ちになって、腹一杯、じいちゃんに白飯を食わしてやりたいんだ。……でも」

「……でも、死ねばその夢も叶《かな》えられない」

少年の代わりに台詞《せりふ》の続きを口にすると、少年は再び両目に涙を湛《たた》えた。

「そうだよ。死んじまったらもうじいちゃん孝行できない。だから早く白蓮先生に救ってほしいんだ。なあ、姉ちゃん、婆って言ったことは謝る。もう、二度と天魔の手先だなんて言わない。だからおれのじいちゃんを助けてよ」

少年は香蘭の前にひざまずくと頭を地にこすり付け、土下座をしながら乞う。

「お願いだ。どうか、じいちゃんを救ってくれ！　金ならいつか必ず払う！　ぜったい、金持ちになって、何倍にしても返すから、どうかおれのじいちゃんを助けてくれ」

土下座をする少年。真剣な眼差《まなざ》しでそれを見つめる香蘭。

周囲の奇異な眼差しが突き刺さるが、香蘭は気にもとめなかった。両者、真剣だったからである。

香蘭は広場の端にいる少年たちを見る。彼らは楽しそうにはしゃぎ回っていた。

濃淡の強い光景だった。

なんの悩みもなく、子供時代を享受する少年と、明日の食べ物にも事欠く少年。無論、前者に罪はない。本来、少年の悩みというのは、親にどう玩具をねだるか、どうやって門限を破るか、このふたつに終始すべきなのだ。目の前の少年のように〝命〟の対価について思《おも》い馳《は》せるなど、あってはならないことなのだ。

香蘭は大きな溜め息をつくと、少年の力になれないか考え始めた。

師である白蓮は吝嗇にして守銭奴だ。金のために医療行為をしており、稼いだ金で妓楼《ぎろう》に行くのをなによりもの楽しみにしている。艶《あで》やかな女性と粋に遊ぶのが大好きなのだ。

それだけ聞けば遊ぶ金欲しさかと誤解してしまうが、それは一面にしか過ぎない。白蓮の奇術のような医療は金が掛かる。

メスは東国の東夷《とうい》と呼ばれる蓬莱国《ほうらいこく》から渡ってきた刀鍛冶に打ってもらった特別製。一本で牛が数頭買えるものらしい。

以前使った螺線器具《ドリル》は遙か西域にある大沈《たいちん》と呼ばれる帝国が秘匿している〝旋盤〟という技術を使っている。この国の職人でその技術を習得しているのは片手で数えられるほどしかいないそうだ。

白蓮診療所の医療用品は衛生状態を考えて基本的に使い捨てであった。他の診療所は包帯などを洗って何度も使い回すが、それはこの診療所では許されなかった。

そうなれば当然、金が掛かる。

貧民から受け取る僅かな治療費では診療所を回せるわけもなく、必然的に貴族や商人が顧客となる。しかも彼らからも出来るだけぶんどろうとするものだから、白蓮診療所の〝道徳的評価〟は著しく低かった。

そんな師匠に〝無料〟で診療させることは出来ないか、香蘭は頭を悩ます。

一番簡単な方法は香蘭が手術代を肩代わりすることであるが、香蘭自身、金を持っていない。実家は素封家に分類されるが、毎回、頼りにしていたら没落してしまうだろう。先祖の廟《びょう》を香蘭の代で絶やすのは忍びなかった。

「となれば搦《から》め手《て》か……」

香蘭は籤引きの作成と運営を担っていた。少年が籤で当たりを引くように細工してやることも出来る。籤に当たりさえすれば順当に無料診療を受けられると思ったのだ。香蘭は籤引きの箱の中に当たり籤を忍ばせる箇所がないかと考えるが、すぐに頭を横に振った。同時にその前に並ぶ民の顔が思い浮かんでしまったのだ。

無料診療を望んでいるのは少年だけではなかった。彼と同じような境遇のものは無数にいるのだ。他の患者の信頼を裏切るような行為は出来なかった。

――となれば。

「正門から行くしかないな」

「正門？」

「そう。正規の方法。白蓮殿に治療費を支払い、手術をしてもらう」

「でも、あの黒衣の先生は高額の医療費でしか手術はしないんだろ？」

「うむ。しかし、月賦《ローン》というものがある」

「〝ろーん〟？　それはなんなの？」

「毎月少しずつお金を返す借金方法のことらしい」

「なるほど」

「他にも〝リボ払い〟なる支払い方法もある」

「なにそれ」

「わたしもよくは知らない。ただ、絶対に手は出すなと師には言われた」

「よく分からない人だね」

「それには同意」

軽く微笑《ほほえ》むと、香蘭は白蓮診療所に向かった。

少年を診療所の前に残すと、深呼吸をして入る。

すると白蓮の書斎から不機嫌な声が聞こえた。

「くそ、また薪の値上げか」

なだめるように諭すは陸晋《りくしん》少年。

「仕方ありません。北方の戦役で大量の物資を必要としているのです」

「戦争、戦争、まったく、この国の首脳部は愚鈍だな」

「先生、声が大きすぎます」

「おっと、失敬、愚劣の間違いだった」

「……………」

「実際、愚劣だよ。戦争を終結する機会は無数にあった。あのとき、東宮が指揮権を握っていれば中原国は勝っていたんだ。他にも戦局を覆した名将は何人もいたのに」

「その名将の方々はどうなったのです」

「皆、左遷させられたか、刑場に送られた。功績を立てすぎるとこうなる」

「それは酷い……」

「有利な条件で講和する機会は何度もあったんだ。愚劣で強欲な政治屋どものせいでこっちが凍えることになる」

毒舌であるが、白蓮の言葉はすべて正しい。この国の官僚や貴族は常に利己的な選択をし続けてきた。その結果がこの惨状だと思うともの悲しくなる。

――それにしても最悪のときに顔を出してしまったな。とてもお願いをする雰囲気ではない。今、交渉を持ちかけても成功をする可能性は低そうだ。

逡巡《しゅんじゅん》していると、間が悪いことに師は声を掛けてくる。

「ふん――」と鼻を鳴らした上で、面白くなさそうに香蘭を見つめると、

「なにか言いたいことでもあるのか？　陽家の小娘」

と言った。

なにもないです――、とは言えない雰囲気である。たしかに白蓮の機嫌は悪い。しかし、それはいつものことであった。この男が上機嫌のときなどそれこそ非常に珍しいことであったので、そのような機会を待つことなど無意味といえた。香蘭は意を決すると口を開く。

「あ、あの、白蓮殿、よろしければですが、月賦を組ませて頂けませんか？」

白蓮は目を据わらせる。金の話をするときの彼はいつも真剣だ。

「この世界には月賦という言葉がないと思っていたが」

「白蓮殿が普段から使うので覚えてしまいました」

「それとおまえにはすでに月賦を組ませてあるが」

「DNA検査キットの件ですね。その節はお世話になりました」

「多重月賦《たじゅうローン》という言葉は知っているか？」

「知りませんが、きっとろくでもない意味だと推察します」

「………」

香蘭の歯切れのいい回答に呆《あき》れ果《は》てる白蓮。大きな溜め息をつくと、「まあいい」と続けた。

「使用用途と返済計画を言え。正当性があると思ったら月賦を組ませてやる」

「それでは僭越《せんえつ》ながら」

香蘭はそう前置きすると事情を説明した。

その説明を聞いて白蓮は案の定、呆れる。

「おまえはどうしてそういった余計な案件を拾ってくるんだ」

「性分です」

「幼き頃から犬猫を大量に拾ってきたのだろう」

「どうしてそれを⁉」

「ご両親の苦労が忍ばれるな」

「わたしには過ぎた両親です」

「だろうな。おまえが治療費を払うというならば断る理由はないが、おまえのことだから治療費を負けるように交渉してくるだろうな」

「さすがは白蓮殿。小人《しょうじん》の心などすぐに察してしまわれるのですね」

「おまえは分かりやすすぎる」

「姉などはその点を褒めてくれます」

「同類だからだろう」

──まったく、と続けるが、それで交渉の窓口を閉じられることはなかった。むしろ、最大限の譲歩をしてくれる。

「──一週間。一週間だな」

「一週間……ですか？」

「そうだ。休日を返上して一週間、夜勤をしろ。さすれば手術代を貸してやる」

「ほんとうですか？」

にゅいっと顔を突き出す香蘭、うざったそうにする白蓮。

「白蓮に二言はない。物忘れは激しいがな」

「では忘れないうちに証文をこしらえましょう」

ちらと陸晋少年の方を見ると、手慣れたものですでにそこには墨と筆が用意されていた。有り難い配慮である。

その後、香蘭は証文の内容を見ることなく、署名と花押を書く。

その姿を見て白蓮は嘆く。

「せめて金利だけでも見ろ」

香蘭はこう答える。

「わたしは師のことを吝嗇の守銭奴だと思っていますが、天魔だとは思っておりません。

慈悲の心を持っていると存じます」

　失礼な発言であるが、白蓮は苦笑いするしかないようだ。最後に、

「ま、金利は最低限にしてやるよ」

　とだけ言った。それが師の優しさであることを香蘭と陸晋は知っていた。


　無事、手術代を捻出できた香蘭。翌日には少年の祖父に手術を施すことが出来る。少年の祖父はいわゆる胆石だった。胆管に結石が出来てしまう病気だ。

　珍しい病気ではない、手術をすれば治る病気でもあるが、この世界では死病のひとつとされている。患者の腹をさばける医師が稀少《きしょう》だからである。

　しかし、神医白蓮の手に掛かれば、結石など盲腸と変わらない。半刻ほどで取り除き、三日ほどで退院させた。その手際に驚嘆した少年と祖父はしきりに頭を下げ、白蓮の技倆を褒《ほ》め称《たた》えた。次いで香蘭も。

「ありがとうな、姉ちゃん」

　ようやく年相応の女性として扱ってくれるようだ。いつか金持ちになったら、必ず借りた金を返すとも約束してくれた。そのときまだ香蘭が嫁に行っていなければお嫁さんにもしてくれるそうな。

「期待しないで待っているよ」

というのは後者のほうに言ったつもりだが、少年は、

「絶対、返すよ。一生働いてでも」

と念を押した。それ以上、問答しては少年の心意気を無下《むげ》にするので、なにも言わず見送っていると、少年は途中でくるりと踵《きびす》を返した。

「いけない、いけない」

舌を出す少年、どうやら祖父から言付けと御礼品《おれいひん》を預かっていたようだ。少年は懐から袋を取り出す。袋の中に入っていたのは「もち麦」だった。雑穀の一種で米をかさ増しするときに一緒に炊いたりするものである。香蘭の家では滅多に出されないものだが、少年の家ではこれが主食のようなものらしい。

「ありがとう、姉ちゃん。──これを受け取ってほしいのだけど」

「これは大切なもち麦ではないのか？」

「もちろん、大切なものだけど、だからこそ受け取ってほしいんだ」

香蘭が世間知らずならば「このようなものは食べない」と突き返すところであるが、もち麦が誠意の証であることを察した香蘭は、「ありがとう」と両手で受け取る。

少年は鼻をすすりながら「おうよ」と答える。香蘭は小さな背中で祖父を抱え、自宅に戻る少年を見守った。

少年とのやりとりを見つめていた白蓮が香蘭に話し掛けてくる。

「非効率的な娘だな。困っている人間、すべてを救うつもりか」

溜め息を漏らし呆れるので、香蘭は彼のほうに振り向くとこのように言い放つ。

「この両肩に背負えるだけ背負ってみせます」

「口だけは達者だな。今のおまえに背負える数など限られる。――が、まあ、せいぜい頑張れ」

「まったく、どこまでも口が悪いお人だ」

そんな師弟を仲裁するは陸晋少年。

「まあまあ、あの少年は見所がありました。必ず出世して手術代を支払ってくれましょう」

「ふん、一〇倍にして返してもらわねば割に合わない」

いつまでも鼻息荒い白蓮であるが、陸晋はそれを静めるかのように夕食の席へと促す。

「先生、今日はお疲れでしょうから、黒酢の酢豚を作りました」

「酢は疲労回復の効果があるからな」

「先ほど頂いたもち麦もさっそく炊いてみました。もちもちですよ」

ありがとうともご苦労とも言わないが、作り手に感謝はしているようで、それ以上、皮肉は漏らさずに食卓に着く。

頂きますも言わずに大きな豚肉を口に放り込むと、表情を緩ませる白蓮。健啖家《けんたんか》である彼は無言で肉を何個も口の中に放り込むと、豪快に咀嚼《そしゃく》する。

玉葱《たまねぎ》多め、青椒《ピーマン》少なめの酢豚は彼の好みに合っているようであっという間になくなるが、意外だったのは飯の消費も早いということだった。山盛りに盛られたもち麦入りの飯があっという間になくなっていく。

それをじいっと見つめる香蘭。白蓮は「俺の顔になにか付いているのか？」と尋ねてくる。

「いえ、まさか、そのようなことは」

「じゃあ、なぜ、俺を見つめる」

「意外にも文句を付けずに食べているもので」

「陸晋の料理にけちを付けられるのは皇帝くらいだ」

「たしかに。しかし、飯には文句を付けられると思って」

「なぜ、そう思う？」

「もち麦が入っているからです」

「もち麦が嫌いかね」

「うちの母親は貧乏たらしいと嫌っています」

「たしかに俺の祖母も同じようなことを言っていたよ。戦後、食べ物がない時代に生まれたものは特に嫌うな」

「でしょうね」

「しかし、もち麦に罪はない。白米ばかりだと栄養が偏ってしまうしな。俺は雑穀も好きだ。素朴な味がする」

そう主張すると、それを証明するかのようにお代わりを所望してみせた。

このもち麦が少年からの贈り物であることを配慮しての発言かは分からないが、香蘭は健康的に食事をする師が好きだった。――もちろん、異性としてではなく、人間としてであるが。

美味《おい》しそうにご飯を食べる人間に悪人はいないという言葉があるが、とても的を射た言葉だと思った。

†

診療所での一件は、香蘭の借金が増えた代わりに少年と祖父が幸福になる、というまずまずの結果に終わったが、一方では暗雲が忍び寄っていた。

香蘭の職場のひとつ、宮廷で波乱の種が芽吹きつつあったのだ。

香蘭はその事件に首を突っ込むことになるのだが、きっかけは女官仲間から聞いた噂《うわさ》話《ばなし》だった。

香蘭の数少ない友人である李志温《りしおん》が口にした言葉から事件は始まった。

「ねえねえ、知っている？　後宮で不思議な病気が流行《はや》っているのよ」

着物の帯の色を決めるよりもあっさりとした口調であったが、重要な話であった。特に香蘭のように医療に携わっているものはどきりとしてしまう事柄だ。医者にとって流行病はなによりも恐ろしい。香蘭は心の臓を逸《はや》らせるが、李志温はそれを見てくすりと笑った。

「ごめんなさい。驚かせてしまったみたいね。病気が流行っているのは東宮御所じゃないわ。後宮よ、後宮」

「なるほど、後宮か」

後宮と東宮御所。一緒くたにされることがあるが、後宮とは皇帝の寵姫《ちょうき》が住まう場所、東宮御所は皇帝の子供が住まう場所を指す。

後宮の中に東宮御所があるので混同されやすいが、役割は明確に違った。一言で言えば後宮は皇帝の子供を成す場所、東宮御所は成した子供を育てる場所、だろうか。端的に言い表せばそのような役割分担のある施設だった。

東宮御所は、皇帝の長子が長を務めるのが慣例で、弟や妹たちもそこに住んでいる。兄弟たちは仲睦《なかむつ》まじく暮らしている――わけではなく、互いにいがみ合っているのだが、その噂話は彼らに関するものではないらしい。

噂話の出所は後宮に住まう女官たちだった。

李志温いわく、彼女たちの間で〝奇病〟が蔓延《まんえん》しているとのことだった。

「――奇病？」

思わず首をかしげてしまいたくなるが、話を聞くとたしかに奇妙だった。

「後宮の女官たちだけが次々と床に伏しているんですって。皆、顔がむくんだり、手足が痺れたり、倦怠感に悩まされているみたい」

倦怠感？　つい先日聞いた言葉だ。あれはたしか後宮の女官から聞いた言葉だろうか。

思ったよりも広範囲に広がっているのだろうか。

「倦怠感とむくみは万病の兆候だが、それだけでただちに病とは決めつけられないが――」

「――でも後宮の女官だけというのは奇妙だな、でしょう？」

香蘭の代わりに言葉を続ける李志温。香蘭のものまねらしいが、融通の利かない堅物のように見える。

「まったく、そんな可愛《かわい》い顔に生まれたのに医道になんか進むから、そんなふうになっちゃうのよ」

このようになってしまったのだから、どうしようもない、と返答したいところであるが、口にしたところで性格が変わるわけでもなかった。可愛らしい乙女になるのは〝来世〟に取っておくとして、目下のところは李志温の事情聴取だ。

「あら、思いの外、食いつきがいいわね」

「宮廷医の娘ですから」

「でも東宮御所ではなく、後宮の流行病よ？」

「後宮と東宮御所はお隣同士。感染症の類いだったら遠からず東宮御所でも同じ病が流行します」

「たしかに後宮がくしゃみをしたら、東宮御所が風邪を引く、ね」

「その逆も然《しか》り。宮廷医の端くれとしては流行病には敏感にならずにはいられないのです」

「いい心掛けだわ」

大上段に構える李志温であるが、あまり偉そうに見えないのは彼女の人徳であろう。香蘭はしばし彼女から情報を聞き出すと、直属の上司である内侍省東宮府長史、岳配に相談をすることにした。

内侍省東宮府長史とは東宮御所の管理人の長、東宮御所の中では皇族の次に偉い存在となっている。五品官に相当し、宮廷の最深部にも入ることが出来る殿上人《てんじょうびと》でもある。貴族の中の貴族なのだが、そのような立場にもかかわらず岳配はとても気さくな人物

きた。

であった。香蘭のような端女《はしため》に毛が生えた女官も一人前として扱ってくれる。

廊下を歩く岳配を見つけ声を掛けると、老偉丈夫は真っ白な髭《ひげ》を揺らしながら尋ねてきた。

「宮廷医見習いの陽香蘭か、どうした？　猫のように大きな鼠《ねずみ》でも見たか」

「まさか、そのような怪物は見たことがありません」

「たしかにこの辺にはいないが、北方に行けば毛鼠《ヌートリア》と呼ばれる大型の鼠もいる。北胡《ほっこ》の連中は食用に毛皮に重宝しているらしい」

「なるほど、機会があれば味わってみますが、今はそのときではありません。──それよりもお耳に入れたいことが」

「わしの老いた餃子耳《ぎょうざみみ》でよければ話を聞こう」

岳配の耳はたしかに餃子のようであった。武道の達人特有のものだが、一刻も早くその耳に入れたい情報があった。

香蘭はすぐにでも話したい欲求に駆られたが、周囲を見渡すと東宮の弟の貴妃が目に入る。東宮の弟は東宮の仇敵《きゅうてき》、あまり話を聞かれたくない。

岳配もそれは承知だったので、目配せすると花園に向かった。

東宮御所にはいたる場所に花園がある。東宮に花鳥を愛《め》でる趣味はないが、草花を嫌う性質《たち》でもない。「花など食えない」と公言しつつも貴妃や女官たちのために花園を整備していた。

無数にある花園の中でも香蘭の一番のお気に入りである藤棚に向かうと、頭を垂れる藤に手を添える。

紫色の花弁はこの世のものとは思えない美しさだった。もしも極楽というものがあれば、このような花々が咲き誇っているのだろう。そのように言葉を述べると岳配も首肯した。

「天上というものがあればきっとこのような光景が広がっているのでしょうね」

「もしもそのようなものがあれば、だがな」

「岳配様は死後の世界を信じていないのですか？ 我が師のように極楽や地獄を否定されるのですか？」

さての、と白髭を撫《な》でる岳配。

「幸いとわしのほうが先に極楽を見られそうだな。確認したら手紙を送ろう」

「誰が先に死ぬかなど、天津神《あまつかみ》でもない限り分かりません」

「そうだな。老いたものから順番に死ぬのならばこの世界もそう捨てたものではないのだが」

「………」

その言葉に同意したいところだが、年長者に失礼だと思った香蘭は沈黙をもって答える。岳配はしばし言葉の選択に迷う香蘭の表情を楽しむと、こう切り出した。

「陽香蘭、お主が慌てている原因は後宮に広がる〝奇病〟だな」

「さすがは岳配様ですね。なんと耳聡《みみざと》い」

「東宮府の管理に必要だからな。戦場を往来していた頃よりも情報に敏感になった」

かつて中原国にその人ありと謳《うた》われた武人は懐かしげに過去を語る。

「さすがは中原国の守護神です。ならば話は早いのですが、後宮に奇病が蔓延しています。それの調査をしたいのですが、岳配様が取り持ってくださいませんか？」

「ふむ、許可を取り付けられないことはないが、それは後宮の宮廷医に任すことは出来ないのか？」

「我が師である白蓮殿いわく、後宮の医者は白衣を着た置物らしいです」

「手厳しいが事実だな」

「奇病の正体は分かりませんが、伝染病ならば取り返しの付かないことになってしまうかもしれません」

「そうだな。東宮府では流行っていないというのがとても気になる」

「はい。その一点だけを見れば伝染病ではなさそうですが、だからこそ調査をしなければ」

「東宮府に広まる前に病の原因を確認したい、か」

「はい。医療が目指すものは〝無病〟です。無病息災こそが医者の夢です」

「おまえ以外の医者ならばおまんまの食い上げだ、と嘆くところだが、おまえはそういう医者だったな」

岳配は改めて感心すると、「ふむ……」と頷《うなず》いた。

「――よかろう。わしから天子様に掛け合おう」

「天子様に上奏するのですか⁉」

「後宮にも管理人がいるが、やつと直接話せば角が立とう」

同じような職分の官吏は仲が悪いと相場が決まっている。後宮と東宮の管理人はその伝統に則《のっと》っているらしい。もしかして自分の行動は岳配の立場を悪くするのでは、と口にすると、彼は豪快に笑いながら「善き善き」と言った。

「天子様に上奏しても角は立つが、それで後宮と東宮の安全が確保できるのならば安いもの」

そのような論法で香蘭の調査を後押ししてくれた。岳配は自分の政治的な立場よりも後宮と東宮の安全を優先してくれたのだ。改めて彼の国を憂う気持ちに敬服した香蘭は、気持ちを引き締め、調査をすることにした。

文字通り帯を締め直すと、気合いを入れ、自宅に戻った。

自宅に帰り、「後宮に出仕する」と告げると、母親は青天《せいてん》の霹靂《へきれき》を見たかのように驚いた。半分、腰を抜かしながら先祖の廟に報告に行こうとするが、ご先祖様を呆れさせる前に正確な情報を伝える。

「一時的な出仕です。ちなみに天子様に見初められたわけではありません」

その報告を聞いた母親は残念そうにするが、それも僅かの間だけ。

「それでも後宮に出仕することには変わりありません」

女官衣の新調をするように使用人の順穂《じゅんほ》に指示をする。彼女は嬉《うれ》しそうに手配するが、香蘭は止めない。普段ならば余計な出費は不要と断るところであるが、今は一刻も早く後宮に向かいたかった。

後宮とはこの世界で一番華美な場所、それなりの格好をしなければ浮いてしまう。後宮で浮いてしまえば奇病の調査どころではなかった。なるべく目立たず、手短に調査を済ませたいのだ。そのためには母の過剰な衣裳選びも善しとしなければいけない。贅沢や華美を悪《あ》しき風習だと思っている香蘭であるが、今だけはその考えを改める。

「清濁併《あわ》せ呑《の》む存在になれ」という祖父の言葉を思い出しながら、母の着せ替え人形となった。その甲斐《かい》あってか一日で立派な衣裳を手配してもらうことに成功する。衣裳が家に届くと同時に宮廷から勅使がやってきた。

「一二品官の陽香蘭、畏れ多くも皇帝陛下の勅令により、貴殿に昇殿の許可を与える」

本来、一二品が後宮に上がることは許されない。後宮では最下層の女官でも一〇品官でなければならないのだ。——そのため、香蘭は一時的に一〇品官に格上げしてもらうと、そのまま後宮に向かった。

後宮はこの世界で一番華やかな場所であるが、東宮御所に慣れていた香蘭はさして緊張することなく、後宮を歩き回った。

華麗な後宮を巡るが、なかなか情報は得られない。天子様の勅令を頂いたとはいえ、香蘭は部外者、後宮の機微は分からなかったし、華麗な女官たちとの相性はよくなさそうだ。幼き頃から医学にばかり傾倒し、女性の嗜《たしな》みを放棄してきたツケを払わされているわけだが、嘆いたところでツケを完済できるわけではないので、自分なりに考察を重ね、事情に通じていそうな女官を探し出すことにした。

一日中、足を棒にして探した結果、香蘭を訝《いぶか》しげに思わず、協力的な女官を見つけることに成功する。そのものは先日、この後宮に迷い込んだときに世話になった女官だった。名を蓮舫《れんほう》、八品官の針子頭だった。畏れ多くも皇帝陛下のお召し物に針を入れる針子たちの頭。貴族の子女でもあるらしいが、彼女は思いの外、気さくであった。先日、香蘭を助けてくれたのも生来の面倒見の良さから来ているようで、香蘭が事情を伝えると快く奇病について語ってくれた。

「後宮で奇病が流行っているのは知っているわ。——というか、わたしにもその症状が出ていたし」

「顔がむくみ、手足に痺れがあると言っていましたね。——その後も症状は継続していますか？」

「いえ、症状はなくなったわ。わたしは症状が軽かったのよ」

「それはなによりです」

「ありがとう。そもそもこの奇病は高位の女官の間で流行っているものだったから、わたしのような下位の女官には関係ないのかも」

「八品官は高位ではないのですか？」

「後宮では低いほうね。皇帝の寵姫は二品に命じられることもあるわ」

「庶民から見れば八品官も目の眩《くら》むような顕官です」

「上には上がいるのよ。ちなみにわたしが把握している限り、奇病が流行っているのは七から六品の間の女官ね」

「ふむ。それは奇異ですね」

「たしかにそうね。くっきりと位によって分かれるなんて」

「その通りです。しかもその官位ですと、天子様の寵姫ではなく、お手つきでもない、ということですよね」

「そうね。陛下の寝所に入れるのは五品官以上だから」

「つまり、後宮でも上位の女官だが、寵姫ではない人たちの間で流行っている病ということですね」

「ええ、そうなるわ」

「ということは性病の類いではないのか……」

性病という言葉にぎょっとする蓮舫だが、香蘭は気にせず考察を続ける。

奇病は後宮の中でも一部のものの間で流行っている。

寵姫の間では流行っていない。

ある程度身分の高い女官の間で流行っている。

これらから得られた情報を統合すると、奇病の原因は――、

「分からない」

の一言に収束された。

香蘭は極小の情報から未来を予見することは出来ない。神仙術も千里眼も使えないのだ。だからこの程度の情報でどうにかなるわけもなく、引き続き調査を重ね情報を集め

るほかない。

「ふう……」と溜め息を漏らすと、師の顔を思い出す。白蓮ならばこの情報だけですべてを見通し解決策を示してくれるだろうか——。

相談しに行きたかったが、残念ながら白蓮は今、忙しかった。遠方の貴族の治療に当たっており、不在なのだ。自分から出向くなど珍しいことであるが、きっと目の眩むような治療費を提示されたのだろう。

その金で診療所の設備が充実すると思えば文句は言えないので、香蘭は独力で頑張るつもりだった。

「いつまでもあると思うな、親と師」

ありふれた警句を口にすると、香蘭は後宮の調理場に向かった。


後宮の調理場にやってきたのは、女官たちの食事を調査するためであった。奇病に冒された女官たちを診て回ったが、彼女たちに伝染病の気配はない。ただ、皆、一様に体調を崩していた。

感冒症や伝染病ではないが、体調が良くない。——となれば「毒」の可能性を考慮しなければならない。古来より、宮廷と毒薬は切っても切れない関係であり、この華麗な宮殿には多くの毒薬が持ち込まれた歴史があるのだ。

　皇帝にも東宮にも専任の毒味役が何人もいる。香蘭の同僚にも毒味役がおり、宮廷に持ち込まれる毒に敏感になっていた。彼女たちの仕事は毎朝、一番に宮廷の井戸水の毒味をすることなのだ。

　香蘭は調理府と呼ばれる建物に向かうと、そこにいる毒味役の体調を確認する。毒味役の体調はすこぶる良い。後宮にいる女官の誰よりも肌の色艶が良かった。

　井戸水に毒は入れられていないようだが、毒の可能性が消えたわけではない。そもそも井戸水に毒を入れるのは下策中の下策だった。

（貴人が飲む前に女官が気づくからな）

　まともな知能があるものならば井戸ではなく、狙った人物の食事にのみ毒物を入れるだろう。今度は食事を調べる。こちらのほうは個別に調べるしかない。毒味役は貴人の食事のみしか毒味しないからだ。皇帝とその貴妃の安全をはかるのが彼女たちの仕事だった。

（症状が出ているのは特定層の女官たちだけだからな）

　彼女たちの食事は調理府で作られる。貴妃たちと同じ場所で作られるが、身分が違うので食材は違った――ということは彼女たちにだけ毒を盛ることも容易かと思われた。

　ひとつひとつの可能性を吟味するため、香蘭は調理府の料理人に煙たがられながらも食材を調査する。

白菜を一枚一枚引き剝がし、兎《うさぎ》に与える。

肉類は犬、魚類は猫に食わせる。

微量な毒を検知するため、食材を蒸し、蒸気を金糸雀《カナリア》に当てたりもする。

動物好きの香蘭としては心が痛む作業であるが、幸いなことにどの動物も死に至ることはなかった。それどころか美味しそうに食材を食べている。

香蘭の高価な着物をはむはむと齧《かじ》る兎を抱きながら、香蘭は己の顎に手を添え、思考を纏《まと》める。

「――毒ではないのか」

微量の毒が食事に混入し、女官たちは体調を崩したと推察していたのだが、それは外れていたようだ。

「白蓮殿になりきって知謀を巡らせたつもりだったのだけど……」

やはり自分の頭ではこれが限界なのだろうか。吐息をついていると香蘭はとあることに気が付く。

「――白菜が少ないな。他の野菜も」

調理府にはうずたかく食材が積まれているが、肉や野菜の量が少ない。肉は犬が一頭、野菜は兎一匹いれば食べ尽くせそうな量しかなかった。その代わり、白米が山のように積まれている。

そのことを指摘すると、料理人は「よく気が付いたねえ」と言う。

「いや、下級の女官たち向けの食材はこんなことはないのだけど、上級の女官たちの食事はこんなもんさ」

料理人は大きな吐息を漏らす。たしかに下級の女官の食材は至って普通であった。一汁一菜に肉か魚が添えられている。一方、上級の女官たちの食材は寂しい。白米と一汁しかない。

「これは逆ではないのですか？　どう見ても下級の女官たちの食事のほうが豪華だ」

「いや、それでいいんだよ。偉い人たちってのは変わっていてね。減量って言うのかい？　美しくなるために痩せたいんだってさ。痩身になるために食事を減らしているんだ」

「なるほど、上級女官たちの間で減量が流行っているのですね」

「そういうこと。――まったく、庶民はどうやって栄養を摂《と》ろうかと四苦八苦しているのに、貴き御方たちは優雅だねえ」

皮肉ではなく、心底呆れながら言う料理人。彼は庶民の出らしく、上流階級の美に掛ける情熱が分かっていないようだ。香蘭も理解は出来ないが、彼女たちが美容を重視する気持ちは分かる。後宮という場所は女の戦場だ。美しさがそのまま後宮内の階級《ヒエラルキー》に繋がることも多い。農村の貧しい娘が、その美しさを見初められ后妃になることもある、それが後宮という世界なのだ。

「肉と魚、それに野菜まで減らすから、皆、白米しか食べないんだ」

「白米だけか……」

「まあ、その四つの中でひとつだけ食べていいのならば白米を選ぶかな、俺も」

「そうですね。白米は単独で食べても美味《うま》いですから」

「だよな。白米ほど美味いものはねえよ。ほのかに甘くて旨《うま》みもある。それと腹持ちもいいからな」

「雑穀となれば話も変わりますが、後宮では白米を好きなだけ食べられますしね」

「俺もしろまんまを腹一杯食べられるからここの料理人になった口だな」

料理人はにかりと笑うと、昼食を食べていくように勧めた。香蘭は有り難く好意を受け取る。

調理府の食堂で出された料理は豚肉を炒《いた》めたものに漬物、菜の花の汁、それに白米だった。どれもこれもとても美味しいが、食の細い香蘭には少々量が多いだろうか。ただ、問題なのはそれだけで味のほうは格別だった。

豚肉は生姜《しょうが》と大蒜《にんにく》で炒め、風味をよくしている。漬物の塩加減も最良で、菜の花も火の通し方が絶妙だった。極めつきは白米で米粒がすべて立っている。白い宝石を噛《か》みしめているような錯覚を起こした。

東宮府の料理人の腕も素晴らしいが、後宮の料理人もまた名人の域まで達しているようだ。ゆっくりと食し終えると香蘭は両手を合わせ、「ごちそうさま」と頭を垂れた。食器を回収しにきた料理人は「あいよ」と笑みを浮かべる。

「ゆっくりと食べる嬢ちゃんだねえ。品がいい」

「普段はもっと早食いですよ。医者ですから」

白蓮診療所では優雅に食を楽しむ時間はない。咀嚼する間を惜しむように飯を掻《か》き込《こ》むのだ。健康に悪いことは分かっているが、貴重な診療時間を食事に割くくらいならば、犬のように飯を食えというのが香蘭の哲学だった。

普段の香蘭の姿を知らない料理人は想像も出来ないようで、「ほう」と口にすると、次いで「今日はなんでゆっくりだったんだい？」と尋ねてくる。

「考え事をしながら食したものですから」

「へえ、たしかに神妙な顔をしながら食ってたね。口に合わないのかと思ってた」

「まさか、このようなご馳走《ちそう》はそうそう食べられません」

「これは下級の女官用の昼飯さね」

「食材こそ凡庸ですが、どれも新鮮で手が込んでいた。料理人の腕がいいのでしょう」

「もっと褒めていいぞ」

「漬物と汁の野菜は季節のものでした。香りもいいですし、色鮮やかで食欲をそそられます」

「季節のものを時分に食う。これほどの贅沢はないからな」

「そろそろ稚鮎《ちあゆ》の季節です」

「いいね。揚げ物にしたら美味い」

「我が師の好物です」

白蓮は稚鮎が大好きで、稚鮎を丸ごと天ぷらにしたものを好む。内臓と頭ごと食べるから栄養満点で、味もほろ苦くて酒が進むとのことだった。酒を嗜まない香蘭にはその良さが分からないが、季節物が美味いことはよく知っていた。

「おお、話の分かる師匠だね。稚鮎の天ぷらの良さが分かるなんて」

料理人は嬉しそうに語る。なんでも後宮では稚鮎は下魚とされているらしい。川魚よりも海魚が珍重されるとのことだった。

「玉座が南都に引っ越してきてからは海も近くなったしねえ。運河を使えば新鮮な海魚が手に入るから」

「北都《ほくと》に都があった頃は海魚など気軽に食べられなかったそうですね」

「そういうこと。本来、宮廷料理といえば川魚なんだが」

「鱒《ます》が最上とされていたとか」

「今やその伝統は廃れ、鱸《すずき》や鯛《たい》などが珍重されている」

「鮪《まぐろ》なる魚も持《も》て囃《はや》されていますね」

「ああ、昔はそっちのほうが下魚だったのになあ……」

料理人は北都を知らないのにもかかわらず懐かしげに言うが、食材には一家言あるのだろう。その後、魚の種類や味、栄養について懇切丁寧に解説してくれた。

鮎は頭ごと内臓ごと食べられるから栄養豊富。海の鮎と言えば秋刀魚《さんま》。鮎と秋刀魚、どちらの肝が上質か、など含蓄あることを語ってくれたが、稚鮎の天ぷらを肴《さかな》に一杯やる師の姿を思い浮かべていると、彼の言葉も思い出す。

「やんごとなきお方という生き物は魚の肝を食べない。内臓どころか骨まで鑷子《せっし》で抜く。そのような馬鹿げた食生活を送っているから、虚弱な体質になるんだ」

祖父の言葉を思い出す。この国には医食同源という言葉がある。食はそのまま健康に繋がるという意味だが、医者の家に生まれた香蘭はその重要性をよく知っていた。様々な栄養素を身体に取り込むことが健康に繋がるのだ。

――いくら栄養豊富とはいえ、白米だけを食べていたら身体に悪いはずだ。

天啓を得た香蘭は白蓮診療所に戻ることにした。師は留守にしているが、師の知識は蓄積されていた。彼の遺《のこ》した書物を漁《あさ》れば後宮に蔓延する奇病の正体が分かるかもしれない、と思ったのだ。香蘭は白蓮診療所に飛び込むと、そのまま書庫に閉じこもった。

留守番役の陸晋少年が呆れながらに漏らす。

「官服のままやってきて着替えもしないなんて」

栄養と健康に関する書物を漁りながらその様なのだから、呆れられても仕方ないが、香蘭は昔からこのような娘だった。幼き頃から集中すると周りが見えなくなる性質なのだ。昔、祖父の書いた人体解剖図に見入るあまり、丸一晩、蔵に閉じこもってしまったことがある。父母を始め、家人は上を下への大騒ぎになったが、翌朝、けろりとした顔で食卓に顔を出す香蘭。父母は怒るが、罰として〝暗がりの蔵〟に閉じ込めることも出来ず、頭を悩ませたという……。

大人になっても成長が見られない、と父母は嘆くだろうが、陸晋は吐息だけで済ませてくれる。それどころか深夜、香蘭の疲れが極限まで蓄積したところでお盆を持ってきてくれる。お盆の上には握り飯とすまし汁、それに漬物が置かれていた。

「香蘭さん、頭は食事を求めていないようですが、胃は求めているでしょう。ここで休憩でもしながらこれをお腹《なか》に入れてください」

「ありがとう」

香蘭は陸晋の心遣いとともに握り飯を頰張る。たしかに頭は一向に空腹を感じていなかったが、身体は違うようで、握り飯が胃袋に届くと、歓喜の叫びを上げた。先ほど読んだ本によると白米は素早く糖に変わるから、頭脳労働や肉体労働の前後には必須らしい。

「白米は偉大だ。美味い上に栄養満点なのだから」

「米という字を分解すると八八という数字になります。作るのに八八人の人手が掛かる。僅かな土地で八八人養える。色々な説がありますが、僕は米を食べると八八歳まで生きる、という説を推します」

「たしかにこのような美味いものをたらふく食べられるならば長生き出来そうだ」

「はい」

「──と、わたしも思っていたが、そう単純なものではないらしい」

「と、おっしゃいますと？」

「たしかに米は栄養満点な食材だ。エネルギー源になるでんぷん、タンパク質や脂肪、ビタミンなども含まれている」

「ほうほう」

そのように唸《うな》る陸晋に香蘭は米に含まれる栄養成分を列挙していく。

「茶碗《ちゃわん》一杯、一五〇グラムに含まれるカロリーはおよそ二五二キロカロリー。成人男子が一日に必要なエネルギーの一〇分の一を賄える。一杯の白米に含まれる栄養素は、炭水化物55・7グラム、タンパク質3・8グラム、脂質0・5グラム、ビタミンB1

0・03ミリグラム、ビタミンB2　0・02ミリグラム、食物繊維0・5グラム、亜鉛0・9ミリグラム、マグネシウム11ミリグラム、鉄0・2ミリグラム、カルシウム5ミリグラム――」

すべてを話し終えると陸晋少年は困惑していた。ほとんどの単語が聞き慣れぬものだったからだ。それらすべての栄養素には役割があるのだが、それを細かく説明していると夜が明けてしまうので、かいつまんで説明する。

「でんぷんは糖質、つまり身体を動かす熱量となる。蠟燭《ろうそく》の蠟のようなものだな」

「なるほど、だからカロリーを燃やすというのですね」

師からカロリーについて講釈を受けていたのだろう、陸晋は即時に理解してくれる。

「そういうこと。タンパク質は人間の身体を作る素。これが血肉となる」

「たしか肉や魚に多く含まれるんですよね」

「そのようだ。古来、この国でも肉や魚は力の源などと言われているが、科学的根拠もあるようだな」

「昔の人は賢いんですね」

「脂質は贅肉《ぜいにく》、つまり脂肪となって身体の保存食になるようだ」

「ふむふむ」

「これが三大栄養素。基本的にこれらを摂取していれば人間は死なない」

「意外と単純ですね」

「みたいだな」

——しかし、と白蓮著の栄養学の本を見つめる。

「それらの栄養素を摂っていれば死なないが、長生きにも結びつかない。人間の身体はそれら以外のミネラルでも構成されている」

「みねらる、ですか？」

初耳の栄養素にきょとんとする陸晋。

「ミネラルとは鉱物のことだな。鉄、亜鉛、銅、人間の身体は実は多分の金属が含まれている」

「もしかして血が鉄臭いのも？」

「さすが陸晋は鋭いな」

人間の血が鉄臭いのは大量の鉄分が含まれているから。血が赤いのも同じ理由。生物の中には血液に銅を多量に含むものもおり、そういった生物の血は緑だという。緑青、つまり銅の錆《さび》が緑色の理由と同じだった。

「血の色は含まれる金属の錆が関係しているんですね」

陸晋は興味深げに頷く。香蘭は「うむ」と偉そうに頷くが、実はかなり感心していた。師白蓮の書物は人体の不思議を分かりやすく、的確に記しているのだ。白米の栄養について調べていたのだが、知識の沼にはまってしまいそうなほど興味深い書物ばかりだった。いつまでも読みふけりたかったが、沼に落ちてしまう前に本題に入る。

「――白米は最高の穀物だ。水田を使えば連作障害が起きないし、面積当たりの収穫高は麦の比ではない。栄養も豊富だ。中原国の人口が他国より多いのは、米を栽培するのに適した土壌を有しているから、という説もあるくらいだ」

「そのような素晴らしい穀物なのに、香蘭さんは米が奇病の原因だと思っているんですよね？」

「うむ。――十中八九は」

訝しがる陸晋に香蘭は説明する。

「米はたしかに栄養豊富。しかし、栄養が豊富すぎるのも問題だ」

「豊富なのが問題なのですか？」

「この世界では食べ物があり余っているわけではないから顕在化することは少ないが、ここは違う世界の、たとえばニホンという国では白米の取り過ぎが病気に繋がったそうな」

「信じられない」

「わたしもこの書物を読むまで信じられなかった」

香蘭は手に持っていた『江戸煩いと明治脚気《かっけ》論争』という書物を陸晋に見せる。

「それは？」

「これは白蓮殿が大学時代に書いた学術論文だそうな」

「先生も大学寮に通っていたんですね」

「こちらの世界の大学とは少し違うらしいがな」

そのようなやりとりをすると内容に触れる。

「この論文は江戸という都市で流行っていた〝脚気〟という病気。それの治療法が確立された明治という時代について語られている」

「ふむふむ」

「当時、江戸では江戸煩いという病が流行っていた。武士や商人を中心にけだるさや手足の痺れが蔓延していたんだな。重篤者は床に伏すくらいだったらしい」

「!?」

陸晋少年は後宮で流行っている病との共通点を悟ったようだ。

「正解だ。おそらく、後宮の奇病と同じ病だ」

「やはりそうですか。武士というのは異世界の士大夫層のことですよね？」

「そうだな。こちらの国の官僚と士大夫、それに貴族を合わせたかのような存在かな。支配者階層のことだ」

「なるほど」

「彼らは参勤交代と呼ばれる制度によって、国許《くにもと》と江戸を行き来していたのだが、不思議なことに江戸に赴任すると江戸煩いという病に罹《かか》るものが多かった」

「理由はあるのでしょうか？」

「それがあった。江戸という都市は当時豊かで、国許では食べられなかった白米だけの飯をたらふく食えたらしい」

「女官たちと同じですね。米だけをたらふく食えるのはある意味贅沢だ」

「国許より安く手に入るし、武士たちにも体面がある。江戸勤めの武士たちは皆、こぞって白米ばかり食べたそうな」

「偏食ですねえ」

「そうだな。この国でも裕福なものは主食に雑穀は混ぜない。まあそれでも野菜や肉を食べていればなんとかなるが、後宮の女たちはそれすらも厭《いや》がった」

「理由は違えど今の後宮と同じということですね」

「ああ。当時の江戸では新鮮な野菜よりも白米のほうが安かった、という事情があるようだが」

「やはり白米だけ食べるのは身体に悪いのですね」

「そういうこと。江戸煩いは〝江戸〟に赴任しているときだけ罹る病。体面を気にするため、雑穀ではなく、白米をたらふく食べる支配者階級を中心に発生した病なんだ。その証拠に国許に戻って主食を雑穀米に切り替えたらあっさりと治ったそうな」

「当時の人はそれに気が付かなかった、というわけですね」

香蘭は「うむ」と頷く。

「白蓮殿の論文によれば江戸煩いに〝脚気〟という病名が付けられたのは武士の時代が終わりを告げた明治という時代になってかららしい」

明治時代になり、西洋から自然科学、それに西洋医術という概念が入ってきて初めて脚気の原因が判明する。原因はとある栄養素の欠如。栄養の宝庫である白米に欠落している栄養素、ビタミンB1の不足によって起こる症状だった。

「なるほど、こんなに美味しい白米にも足りない栄養素があるんですね」

陸晋は食べかけの握り飯を感慨深げに見つめる。香蘭はにこりとしながらそれを頬張る。握り飯の甘みを堪能《たんのう》しながら語る。

「白米が悪いわけではない。それだけで済ませようとするのが悪いのだ。白米だけでなく、主菜や副菜も取るようにする」

すまし汁の中に入っている野菜を有り難く頂戴する香蘭。

「飯だけで済ませたいのならば、雑穀を混ぜたものも食べるようにする、なども大事だな」

明治とは、豊かさと貧困がおり交ざった時代だったようで、庶民も米をたらふく食えるようになる過渡期だったらしい。特に兵隊は貧しい農村出身のものが多く、「軍隊に入ればしろまんまがたらふく食える」とこぞって志願したらしい。

　軍上層部はそのことを知っていたから、なかなか白米だけの飯を止めることが出来ず、結果、脚気を蔓延させ、貴重な兵隊を大量に失ってしまったようで……。

「陸軍は兵隊に雑穀など食わせたら士気が下がる、と白米中心食を継続した。一方、海軍は白米が脚気の原因であると察し、雑穀米を推奨したらしい」

「海軍のほうが先に脚気を駆逐したのですね」

「ああ、麦飯を推奨した海兵には脚気の症状が現れなかったそうな」

「そのような経緯があったんですね。――ということは後宮でも」

「その通り」

　香蘭は断言すると、書庫の一角に置いてあった袋に手を添える。麻の小袋には香蘭の秘策が詰まっていた。その中身を知っていた陸晋は頰を軽く緩める。

「香蘭さんは人徳だけでなく、天運もお持ちだ。情けが別の情けに繫がるのだから」

「善行はしておくものだな」

　この袋の中に入っているのは先日、助けた少年に貰った「もち麦」である。

「これは美食家である先生が美味いと認めたもの」

「だな。とろろを掛けた麦飯は絶品だった」

「貴妃たちも稗《ひえ》や粟《あわ》なら難色を示すかもしれませんが、これならば」

「いけると思う。──いや、食べさせるしかない。後宮の食生活を改善しなければ後宮に未来はない」

香蘭はそう断言すると、支度を始める。東宮府に向かうために。

後宮で流行っている奇病の正体は分かった。ならばあとは食生活の重要性を説いて、白米食をやめさせるだけ。痩身になるためにタンパク質を摂らないのはいい。貴妃が美を求めるのは仕方ないことだった。しかし、せめて主食は白米になにか混ぜること、副菜を添えること。それらだけは徹底してほしかった。香蘭は後宮の美姫《びき》たちを救うため、気合いを入れて官服に着替えるが、そう簡単に物事は進まなかった。

†

東宮府に向かい内侍省東宮府長史、岳配に面会を求める。後宮に蔓延する奇病を一掃する策を進言すると、彼はそれを一蹴した。

香蘭は驚きの声を上げてしまう。

「岳配様、なぜ、この策を却下するのです。後宮を救うにはこれしか手立てがないのに」

香蘭の必死の訴えに岳配は申し訳なさそうに応じる。

「おまえの腕や知見を疑っているわけではない。おまえが調べ物をしている間に風向きが変わったのだ」

「もしや愚かな白米痩身術の流行が消え去ったとか」

「それならばどんなにいいことか。そうではなく、奇病が〝病〟ではなく、〝呪い〟だということになりそうなのだ」

「なんですって⁉」

香蘭は食い付くように話を聞く。岳配は順を追って説明する。

後宮で流行る奇病の伝播《でんぱ》は止《とど》まるところを知らず、ついにとある貴妃まで患ってしまったらしい。彼女は皇帝の寵姫のひとりで、皇帝の子を身籠もったこともある女性だった。久しく子を成していない皇帝陛下、その貴妃は懐妊の兆しもあり、後宮は沸き立っていたそうだが、そんな中での奇病の発症、後宮は大騒ぎになっているそうな。

「大騒ぎになっているだけならば自業自得。女たちの行き過ぎた美容術が原因なのだから」

岳配は苦虫を嚙みつぶしたかのような表情をする。彼は問題点を端的に教えてくれた。

「今、問題なのは誤謬《ごびゅう》に満ちた真実を作り出そうとする連中だ」

岳配はそのように吐き捨てると、奇病に乗じて国政を混乱させようとする一派の首領の名を口にした。

「東宮様の弟君、劉盃《りゅうはい》殿下が後宮で広まる奇病の原因が東宮様である、という噂を流して回っている」

「なんですって⁉」

「奇病は病気ではなく、呪いであると言い回っているそうな。それだけでなく、呪詛《じゅそ》しているのが東宮様の雇った呪術師であると主張している」

「そんな馬鹿な。後宮の病は〝脚気〟です。ビタミンB1の不足に起因する病、それが奇病の正体です」

「おそらく、いや、疑いようもなくおまえの言葉は正しいだろう。しかし、宮廷という魔窟は都合の悪い真実よりも、都合の良い虚構を信じるきらいがある」

「つまりこのままでは東宮様の立場が悪くなる、と」

「陛下の寵姫が懐妊しており、奇病で亡くなれば言い逃れ出来ぬ」

「奇病の原因を呪詛とされ、東宮様は失脚する、と」

「――そういうことだ」

「ならばそのような噂を一刻も早く払拭するまで。岳配様、ご協力を」

「――香蘭。それはつまり奇病の正体が脚気であると証明し、その治療法を広め、機先を制するというわけか」

「はい」

「しかし、脚気というのはおまえの知見であろう。白蓮殿の考えではない」

「師の遺した知識を辿《たど》って得た知見です。もしもこれが外れていたら――」

「外れていたら？」

「陽香蘭は髪を落とします。寺院に行き、尼となって東宮様に詫びましょう」

「医の道を諦めるというか？」

「わたしの求める医の道は東宮様あってこその道。あの方が失脚されれば意味はない」

「一蓮托生《いちれんたくしょう》ということか……」

岳配は白髭を思案げに撫でる。静かな長考のあと、香蘭の瞳を見つめる。岳配は香蘭の瞳の中に〝可能性〟を見いだすと、決断を下す。

「あい分かった。この岳配も腹をくくる。おまえの好きなように振る舞え、そしておまえの思うがままに奇病を打ち払え」

その頼もしい言葉を聞いた香蘭は、拱手礼《きょうしゅれい》をする。拱手礼とは武器を持つ右手を左手で包み込む挨拶である。あなたには敵意はありません、あなたを尊敬しています、という意味を込めて行う儀礼であった。女性は左手を右手で包み込む動作を行うのだが、香蘭はあえて男性と同じ拱手礼を行った。戦場に赴く男子と同じ気持ちになっていたからだ。岳配はその意気を汲《く》み取《と》り、

「本懐を遂げよ」

と背を押してくれた。

香蘭は本懐を遂げるため、後宮女官蓮舫のもとへ行き、頭を下げた。後宮に蔓延《はびこ》る白米食を改めるように願い出たのだ。白米を中心とした無理な痩身術が病の原因であると説く。香蘭の必死の説得に、それを即座に信じた蓮舫は、せめて知己の貴妃にだけでも香蘭の考えを説くと約束してくれた。

調理府の料理人も協力してくれる。蓮舫が説得した貴妃にはもち麦を混ぜた麦飯を提供する。香蘭お薦めのとろろも推奨する。

「とろろの食物繊維によって便通がよくなり痩せる」

という説得材料も付け加える。さらに料理人と相談し、タンパク質やビタミンを摂取できる料理を考えるため、料理の名手である陸晋にも協力を求める。三人で頭をひねり、麦飯が進むおかずにとりそぼろやナムルなども考案する。どちらも脂質や糖質を抑えた料理であり、足りないビタミンなどを補える。さらに週に一度はビタミンの王様である豚レバーを食卓に出すことを提案する。白蓮いわく、豚のレバニラ炒めは人類最強の栄養食らしい。豚の内臓とニラという食材は互いに足りない栄養素を補った上で相乗効果をもたらす最高の組み合わせ。栄養価だけでなく、味も最強とのことだった。

試しに作ってもらった最上のレバニラ炒めを麦飯に乗せると、香蘭はそれを掻き込む。食の細い香蘭があっという間に食し終えてしまうほど美味かった。やはり後宮は料理人も食材も一流だ。

ただ、香蘭の心配は尽きない。味や栄養に関しては一切、心配をしていなかったが、美味くてももち麦は雑穀の一種、貴妃たちの評判は良くなかった。事実、蓮舫の説得に応じた貴妃しか食事を切り替えてはくれなかった。

その数は三分の一だけだった。残りの三分の二は頑《かたく》なに白米に固執した。三分の一でも賛同してくれれば有り難いことであった。その三分の一が奇病から解放されれば、残りの三分の二が追随してくれるからだ。

しかし、今はそれを待つ時間がない。なぜならば皇帝の寵姫が三分の一側ではなかったからだ。相も変わらず白米食にこだわっている。彼女が亡くなれば香蘭の主張の正しさなど意味を成さなくなる。ただただ感情論になり、東宮の呪詛が事実であったとされてしまう――。宮廷に生きるものは都合の悪い事実よりも都合の良い虚構を信じるきらいがある。

それを熟知していた香蘭は残り三分の二の支持を得るため、ある奇策に打って出ることにした。

実家に戻り、母と順穂の協力を取り付けるべく、香蘭は開口一番に願い出た。

「この家にある着物で最も華やかなものを用意してください」

華美よりも地味を愛する香蘭がそのような言葉を発するなどと思っていなかった母と順穂は、目をぱちくりとさせている。次いで首をひねり、互いの頬をつねり合うと、母は祈禱《きとう》の用意を始め、順穂は父に報告に向かおうとする始末。

「熱に浮かされているわけでも、狐《きつね》に憑《つ》かれたわけでもありません」

「ではなぜそのような申し出を……」

母は心配げに尋ねてくるが、心配性な母に真実を告げる必要はないだろう。香蘭は多少胸を痛めながらも嘘《うそ》をつく。

「今度、天子様が主催する宴《うたげ》で歌舞を披露するのです」

「まあ！」

と顔を綻ばせる母。彼女は華やかな話が大好きなのだ。

「そこで東宮様直々に舞を披露するように頼まれたのです」

「なぜ、それを早く言わないの。我が家で一番の衣裳ではなく、街で一番の衣裳を用意しないと」

「我が家で十分です。たしか以前、天子様の前で披露した衣裳が残っているかと」

「もちろん、あるわよ。家宝として取ってあります」

「あれをお出しください」

母は「むう」と渋る。新しい着物を新調したくて仕方ないようだ。香蘭は毅然《きぜん》と反対する。陽家は裕福であるが、金が湧き出る小槌《こづち》を持っているわけではない。天子様から頂いた僅かばかりの土地からもたらされる収益と患者が支払う診療費、それと父の弟子たちが収める月謝が収入源であった。それらからもたらされる富は大切なもので、決して無駄遣いしていいものではない。先日も官服を新調してもらったばかりだ。これ以上の出費は避けたかった。

なので執拗《しつよう》に反対するが、母も然《さ》るもの、「天子様の御前で使ったものを何度も使うのは不敬」「家宝を汚してはいけません」などと屁理屈《へりくつ》をこねてくる。さすがは香蘭の母だけあり、口達者であった。これは説得は難しいか、と困り果てていると、すうっと助けが入る。

花の化身のような少女が現れたのだ。

彼女の名は陽春麗《しゅんれい》。香蘭の姉である。たしかな足取りで現れた彼女は香蘭と母をまっすぐに見つめると和やかに言った。

「母上、あまり香蘭を困らせないで」

「春麗」

　母は姉を気遣い支えようとするが、姉は自然な動作でそれを拒否する。そのやりとりを見て姉の目が治ったことを再確認する。姉の瞳は黒曜石のように輝いており、それでいて力強かった。数ヶ月前には考えられないことだった。

（……もうなんの心配もない）

　師白蓮の角膜移植手術によって視力を取り戻した姉は心身ともに壮健となった。最近は進んで外出もするようになり、世人とも親交を深めるようになっている。

　幼き頃の闊達《かったつ》さを取り戻しつつある姉は輝き、とても美しかった。身内でも見惚《みと》れるくらいのまばゆさを携えている。姉は麗《うら》らかな春の風のような声を発する。

「母上、香蘭を美しく飾り立てるのもいいけれど、もっと堅実な考え方も持たないと」

「どういうこと？」

「香蘭もお年頃、そろそろお嫁に行くことも考えなければいけません」

「それはそうね」

「そのとき、持参金を持たせてあげたいではありませんか。綺麗《きれい》な着物も大事ですが、陽家の名に恥じぬ結婚式をしてあげたい」

「なるほど、それもそうね」

母は満面の笑みで首肯する。元々、姉を可愛がっている母、それに姉の賢さにも一目置いているので、姉の言葉は砂金よりも重く感じるようだった。

「分かったわ。白蓮さんは吝嗇で守銭奴らしいから、それなりの持参金を用意しないとこの子を貰ってくれないでしょう」

「なぜ、そこで師の名前が出てくるのです」

「あら、東宮様のほうがよかった？」

「そちらも意味不明です」

「どちらもいい年をした男なのに、ちっともあなたに手を出さない。女に興味がないのかしら」

まったく、と呆れてみせるが、吐息を漏らしたいのは香蘭のほうだった。そんな香蘭の耳に姉はそっと言葉を添える。

「──香蘭、いいから合わせておきなさい」

姉の意図に気が付いた香蘭はわざとらしく言い放つ。

「そうだった、そうだった。白蓮殿はたしかにそう言っていた。着物を頻繁に買うような金の掛かる女房はいらん。それと持参金の少ない女房もいらん、と」

女房どころか、女は「負債」と公言して憚らない白蓮。持参金を積み上げたところでどうにもならないだろうが、母の心には響いたようで、

「そうなの？ ならば衣裳は新調しないでいいわ」

すんなり衣裳の新調は諦め、以前使用した衣裳を用意してくれた。その姿を見て姉はくすくすと笑い、香蘭も釣られて笑う。姉妹ふたりは母に隠れてひとしきり笑うと母娘《おやこ》三人で衣裳を着付けた。順穂も手伝ってくれたのであっという間に着替え終わる。

その姿を姉に披露する。くるりと回転し、煌《きら》びやかな衣裳を見せる。これに袖を通すのは二回目であるが、姉は初見だった。香蘭の姉、陽春麗は美しく飾り立てた妹に素直な言葉を贈る。

「とても美人さんよ、香蘭」

なんの屈託もない純粋な言葉。その言葉を聞けただけでもこの衣裳を着てよかった。香蘭の心はとても満たされた。

†

香蘭が家族と安らぎの時間を過ごしていたそのとき、東宮府の一角ではこのような謀議がされていた。

「劉盃様、呪詛の噂、無事、広まっているそうです」

その報告を聞いた東宮の弟劉盃はにやりとする。

「そうかそうか、よくやった」

褒めて遣わす、と続ける。

「有り難き幸せ——しかし、噂を流布させることには成功しましたが、皇帝陛下が信じられるかは未知数でございます」

「たしかに我が父は政治はおろか、宮廷内の醜聞にも興味がないからな」

父帝の覇気の無さを嘆く。劉盃の父、劉宗《りゅうそう》の別名は風流皇帝。唄や舞、書画などを愛する様からそのような二つ名が付けられたのだが、侮蔑の意味もある。政治に関わろうとはせず、雅《みやび》やかな趣味にばかりうつつを抜かしている様をからかわれているというのに、本人は気にする様子もなく、日々、風流に過ごしていた。

「皇帝陛下が宮廷に流布した噂を信じるか、五分五分といったところ。しかし、もしも寵姫のひとりが実際に亡くなれば、八分二分となるでしょう」

「それでは是が非でも死んでもらわねば。暗殺者を用意するか？」

「いえ、それには及びません。寵姫の奇病は日に日に重くなる一方。このまま伏せ続ければ儚《はかな》く命を散らすかと」

「そうか」

「それに我々が手を下し、万が一にも事態が露見すればそれはそれで困ります」

劉盃が追放、あるいは死刑、という可能性もある、とはさすがに忠告できないが、自分の立場が悪くなるのは分かっているようで、暗殺を無理強いしようとはしなかった。ただ、兄劉淵の失脚は熱望しているようで、手を抜かぬように命じる。

「ははっ」

と拱手する男は、ひとつの懸念を耳打ちする。

「ところで殿下、お耳に入れておきたいことが」

「なんだ」

劉丕が面倒くさげに言ったのは、関心が謀略よりも女に移っている証だった。今宵《こよい》はどの美姫を閨《ねや》に呼ぼうか、考えているようである。このようなときは報告を打ち切るのが常であったが、これだけは知らせねばならぬことであった。

「東宮の御典医に陽香蘭という娘がいるのをご存じですか？」

「知らぬ」

即答する劉丕だが、劉丕と香蘭は何度も会っている。最初は東宮主催の歌舞の席で、二度目は城下の花街の妓楼で、東宮府でも何度かすれ違っている。――ただ、漁色に忙しい劉丕は香蘭を記憶の片隅に置くこともなかった。

「その娘がどうしたというのだ」

「その娘、岳配の走狗《そうく》となり、後宮を駆け回っているそうです」

「ほう、奇病の治療をしているのか」

「いえ、それが患者の病状を確認するだけで、薬などは与えていないようです」

「ふむ、奇妙だな」

「もしや、東宮の差し金で我々に対抗する噂を流しているのやもしれません」

「あり得るな」

鼠の脳みそでは獅子《しし》の志は計れない。そのような言葉があるが、劉盃と部下がそれであった。自身が悪意ある噂を流しているから、兄も同じ手を使うだろう、そのような思考法になるのだ。香蘭が患者を治すため、東宮のために奔走しているなど、夢にも思わないのだろう。

「なにを考えているか分からぬが、このまま手をこまねいているわけにもいくまい。その小娘、始末しろ」

「始末――ですか」

「なんだ。今まで何人も処してきただろう」

「は。しかし、香蘭という娘はかりそめにも御典医。軽々に運んでもよろしいのでしょうか」

「たかが医者だ。換えなどいくらでもいる。兄は気にも留めまい」

否。

それは違う。もしも東宮劉淵が香蘭暗殺の報を聞けば、報復に出るだろう。皇帝の処罰を恐れず、宮廷内で劉盃を斬殺する可能性もある。内乱覚悟で兵を挙げることも考えられる。

それに白蓮も劉盃を許すことはない。あらゆる手段を使って劉盃を捕らえ、痛覚を持って生まれたことを後悔させる行為に及ぶだろう。無慈悲に制裁を加えることは疑いなかった。

劉盃はふたりの異才が香蘭をどのように思っているか、想像すら出来ないのだ。ゆえにそのような愚挙を口にするのだが、幸いなことに劉盃の愚策が実行されることはなかった。愚かにも自分の死刑執行書類に判を押す前に使者がやってきたのだ。

使者は実の父からのものだった。劉盃は使者の言上を聞き終えると、〝宴〟の席に出席する旨を伝えた。

「まったく、このような時期に歌舞か。風流皇帝の面目躍如だな」

そのように呆れるが、劉盃はその宴によって救われる。――ただし、煮え湯も飲まされることになるが……。

皇帝が宴を開くことになったのは、息子である劉淵が提案したからだ。

「父上、梅の季節は終わりましたが、桜が見頃になりました」

中原国においては桜よりも梅が珍重される。東の蓬萊という島国では桜が最上とされるが、中原国では慎《つつ》ましやかな梅の花のほうが好まれていた。風流皇帝も梅の花をなによりも愛していたが、桜が嫌いなわけでもなかった。また、劉淵が「桜だけでなく、面白きものも御覧に入れます」と付け加えるものだから、侍従に指示をすることになる。

「よかろう。花見の席を設ける」

短く言い放つと、内侍省の官僚たちに花見の準備をさせた。彼ら官僚は皇帝の気まぐれに慣れていたし、今さら驚きもしなかったが、東宮から花見の席の演目を聞かされると驚愕《きょうがく》した。東宮が用意していた演目は『覇王別姫《はおうべつき》』、古代の覇王が身を滅ぼす様と愛《あい》妾《しょう》が自刎《じふん》する様を描いた歌舞であるが、王が滅ぶ様を歌うのは縁起が悪いと宮廷では忌避されていた。それを皇帝の前で披露するというのだ。

「東宮様は宮廷の伝統を軽んじられるか」

「そのような意図はない。父上は文化を愛し、雅かなことを好む。演目よりも歌舞を演じるもの、内容を気にされるはず」

「………」

官僚たちが口を閉ざしたのはその通りだと思ったからだ。東宮の論法と皇帝の性格によって演目が許可されるが、官僚たちは歌舞を披露する舞妓《まいこ》の名を見てもう一度、東宮の政務所にやってきた。

「どういうことだ？ と貴殿たちは問いたいのだろう」

皇太子は機先を制すと説明をする。

「父上の前で披露する歌舞だ。最高の担い手に舞わすのは当然だろう」

「それは分かりますが、この演目の要である櫓姫《ろき》をなぜこのような無名な娘が」

官僚のひとりが演者の一覧に指をさす。「陽香蘭」とはなにものなのです、と問う。

「私の典医だ。まだ見習いだが」

「医者ではござらぬか」

「医者であると同時に歌舞の名人だ。安心して見ていろ。前回、歌舞を演じたときよりも円熟味を増している」

心なしか胸も出っ張り色気が備わったと戯《おど》けてみせるが、官僚たちは笑わなかった。政治に興味がない皇帝であるが、その分、文化的なことには人一倍五月蝿《うるさ》かったのだ。素人に毛が生えた程度の娘が櫓姫を演じれば、激昂《げきこう》をする恐れがあった。

「まったく、これだから東宮様は。立場が危うくなっても知りませんぞ」

そのように溜め息を漏らすが、官僚たちの心配は霧散する。

当日、花見の席に着飾った香蘭が現れると、内侍省の官僚たちは言葉を失った。その場にいた貴族たちの中には酒杯を落とすものもいる。煌びやかな衣裳に身を包んだ香蘭はこの世のものとは思えない美しさを携えていた。

伝説の美姫、櫓姫の生まれ変わりのような香蘭は、堂々とした態度で演舞場に上がると、覇王別姫を演じ始めた。

覇王別姫は陣《じん》という国の駕師承《がししょう》と呼ばれる覇王の物語。彼の零落とその愛妾である櫓姫と呼ばれる絶世の美女の死を描いた悲恋劇である。

歌舞として演じられる場合は男女の花形役者が駕師承と櫓姫を演じるわけだが、香蘭はそれらをひとりで演じた。冒頭の櫓姫の唄始めは女の姿で演じ、次いで現れる駕師承は男の姿で歌い演じた。

女物の衣裳の下に男物の衣裳を仕込み、作中、交互に演じ分け、目まぐるしく衣裳を替えるが、その早着替えも見所のひとつであった。香蘭は舞台裏で協力してくれる陸晋に感謝する。

「ありがとう。まさかこんな演出方法があるとは思わなかった」

「先生が教えてくれた技法です」

異世界では〝さーかす〟と呼ばれる見世物などで使われる技法らしいが、こちらにはないもので物珍しく、皆、度肝を抜かれていた。芸事に厳しい皇帝も目を見張っている。

「皇帝陛下はあらゆる歌舞を御覧になったでしょうが、この奇策はまだ御覧になったことがないはず」

「違いない」と香蘭は返すが、陸晋が明後日《あさって》の方向ばかり見ているのが気になる。なぜ、こちらを見ないのだろうか。衣裳を剝いでもらうのがやりにくくて仕方ない。香蘭は首をひねるが、そういえば香蘭の姿はすでに半裸に近かった。また、衣裳を早着替えするときは慎ましやかなどという言葉とは無縁でもある。裸身をさらしながら着替えていたので奥ゆかしい陸晋は目のやり場に困っているのだろう。なかなかに可愛らしいと思ったが、香蘭は師と違って年少者を虐《いじ》める趣味はなかった。最後の衣裳にして最初に着ていた衣裳を受け取ると、陸晋に向かって言った。

「陸晋、ありがとう。ここからが本番だ」

「そうですね。あとは覇王別姫の白眉である櫓姫の自刎場面だけです。終わりよければすべてよし。そんな言葉もありますが、逆に言えばそれまでがどのように素晴らしくても最後を間違えば台無しになります」

「そういうこと。──でも大丈夫」

自分に言い聞かせるように言うと、香蘭は陸晋少年から小道具の剣を受け取る。香蘭は舞台に戻ると、見事な剣舞を舞いながら、櫓姫の最期を演じ遂げた。物語の白眉にして終幕を演じ終える。

──その瞬間、観客席は静まりかえった。

一瞬、外した、なにかとんでもない失態を演じてしまったか、と冷や汗をかいてしまうが、その逆だった。あまりにも見事な演出、歌舞に観客たちは言葉を失ってしまったのだ。

静まりかえる観客席から最初の拍手が響き渡る。その拍手の主は皇帝だった。この国の支配者にして文化の守護者である皇帝が香蘭の歌舞の価値を認めたのだ。

やがて皇帝に追随するかのように他の観客たちも拍手、歓声を漏らす。それらは徐々に大きくなり、香蘭の耳を満たすが、香蘭はそれに酔いしれることなく、膝を突き、皇帝の言葉を待った。次いで皇帝の隣に座っていた東宮がこのように口添えする。

「父上、この見事な歌舞を披露した陽香蘭になにか褒美を与えてやってくださいませんか？」

皇帝は「うむ」と頷く。それを見ていた東宮の弟劉盃は苦虫を嚙みつぶしたような顔をする。皇帝は香蘭に問うた。

「陽香蘭といったか。

「その節は粗末なものをお見せいたしました」

「たしかにあのときは素人臭さがあった。しかし、それが良さにも繋がっていた。無論、今も歌舞を生業とするものたちから見れば取るに足らない技術しかないが」

「おっしゃる通りです」

「しかし、あの早着替え、それに本物の櫓姫のような仕草、見事であったぞ」

「有り難きお言葉」

深々と頭を下げる香蘭に皇帝は問うた。

「褒美をやる。なにが欲しい」

その言葉に香蘭はこのように答える。

「勿体《もったい》なきお言葉。それではご厚意に甘えまして」そのように前置きすると、香蘭はあらかじめ考えていた褒美を口にする。

「陛下、陽香蘭は〝もち麦〟を賜りたく存じます」

「もち麦じゃと?」

皇帝が首をひねったのは、その単語を知らなかったからだ。万乗之《ばんじょうの》君《きみ》たる皇帝の食卓に雑穀が出されることはない。食卓は常に山海の珍味で満たされていた。ゆえにもち麦など知っているわけがないのである。それは周囲の貴族や官僚たちも同じだった。

「なぜ、このような場所でそのような願いを」と居並ぶ群臣たちは同様に首をひねるが、東宮だけがその真意を知っていた。

皇帝は侍従からもち麦がなんであるか聞き出すと、

「本当にそのようなものでよいのか?」

と確認してきた。

香蘭は満面の笑みで、

「〝皇帝陛下〟のもち麦を頂戴したいのです」

と頭を下げた。

皇帝は首をかしげながらも侍従にもち麦を用意するように伝えると、席から立ち上がった。宴に飽きたのだろう。後宮に戻るようだ。侍従のひとりが肺一杯に空気を満たし、「皇帝陛下、御退出」と言い放った。群臣たちは皇帝の姿が消えるまで、頭を下げ続けた。無論、香蘭も。

このようにして花見の宴は終わりを告げたが、東宮の弟劉盃はほくそ笑んでいた。兄の手駒である陽香蘭が見事な歌舞を披露したときは心を苛《いら》つかせたが、終わりが傑作であった。あの機会に後宮に流布する噂を否定するよう上奏すればいいものを、もち麦などを所望するとは。

「あの娘は気が触れたに違いない」

劉盃は心の中で侮蔑したが、すぐに忌々しさに悶《もだ》えることになる。

花見の宴が終わった翌日から後宮の貴妃たちの食生活が〝一変〟したのだ。あれほど忌み嫌っていた雑穀食が流行したのである。

気が早い貴妃などは宴のあと、侍女にもち麦を買い占めるよう指示したものもいたとか。そう、香蘭は皇帝に告げ口などせず、最も適切な方法で後宮の貴妃たちの意識を変えてしまったのだ。

——皇帝が花見の席から去ったあと、香蘭の周りには人だかりが出来た。宴に参加していた貴妃たちが香蘭に尋ねたのだ。

「なぜ、褒美にもち麦を？」

「あなたのように美しくなるにはどうすればいいの？」

香蘭はそのふたつの疑問にひとつの回答をもって答える。

「わたしが美しいかは分かりませんが、わたしがなぜ、あの舞を踊ることが出来たのかは答えられます。それは日頃から健康に留意しているからです」

壮健な身体こそが見事な歌舞の秘訣《ひけつ》、と答えたのだ。それは嘘ではない。香蘭が歌舞の名手になれたのは、持って生まれた才能もあるが、健康が寄与しているところも大きい。帰蝶《きちょうひ》妃事件以来、実は香蘭は歌舞の練習を重ねていた。宮廷で歌舞は大きな武器になると分かったということもあるが、案外、性に合っていると思ったのだ。しかし、香蘭の本分は医者、歌舞にばかりうつつを抜かしているわけにはいかない。深夜、時間があるときにこっそり近所の老人に習っていたというわけである。見習い医としての業務を終え、医道科挙の勉強をした後での稽古だった。疲労の極地での稽古をこなせたのは、壮健に生まれたことと、健康に留意しているためであった。

——そのようなカラクリがあるのだが、物事の表面ばかりを見る貴妃たちには真実を告げる必要はない。彼女たちが知りたいのは皇帝を虜《とりこ》にする歌舞、それと櫓姫を演じた

香蘭の美容の秘訣であった。香蘭はそれを利用し、

「雑穀米こそ健康の源」

と言い切ったのである。香蘭がそのように宣言した翌日には後宮や東宮で雑穀米が大流行するのだから、噂とは実に恐ろしいものだった。

もしも香蘭が事前に調理府に話をしていなければ、雑穀不足で争乱が起きていたことだろう。宴から一週間も経過すると、白米だけを食べる習慣は一掃された。

香蘭は食堂の端からその様子を見ると、満足げに頷いた。

「極端ではあるが、これで脚気は一件落着だな」

香蘭は自分の分の膳を持って食堂の一席に座ると、両手を合わせ、今回の事件を一言で締めくくった。

「生命に感謝を込めて、頂きます」

香蘭の膳は焼き魚に雑穀、芋の汁だった。それらはすべて〝生きもの〟だった。それらを摂取することによって人は生きながらえているのである。感謝するのは当たり前のことであった。

数日後、白蓮が遠方より帰還する。白蓮を呼んだ地方貴族の治療を終えたのだ。

帰るなり、事件の顚末《てんまつ》を陸晋から聞くと、白蓮は珍しく、香蘭を褒め称えた。

「食から後宮を変えるとはな。それも北風の冷たさではなく、太陽の温かさによって」

見事ではないか、そう纏めたかったようだが、あまり賛美すると弟子が調子に乗ると思ったのだろう。その言葉は心の中で発するに止めたようだった。

七章　白蓮と劉淵

皇族将軍――。

歴代王朝においても皇族将軍とは無能の代名詞のような存在であった。王朝の成立時はともかく、皇族として生まれた子供が軍事的才能を磨く機会など限られる。

事実、劉王朝においても皇族将軍は足手まといとみなされ、大将軍や総司令官の地位は約束されても、実務に関わることのない名誉職の征胡《せいこ》大将軍に任命され、〝お飾り〟の総司令官として戦場に送られるのが関の山だった。

今現在の東宮の劉淵の父がまさしくその例であった。現皇帝である劉宗は元服と同時に将軍に任じられ、二五のときに大将軍となったが、一度として剣を抜いたことはない。作戦を立案したこともない。ただ、部下の報告に黙って頷き、「善きにはからえ」と言うだけだったという。

風流皇帝の名は伊達《だて》ではなかったが、彼を責めることは出来ない。なぜならば彼の父も、そのまた父も、同じようなものであったからだ。劉王朝の始祖はともかく、彼の子孫はふぬけの集まりだった。軍事や政治よりも文化や女色を好み、戦場に立つことを嫌ったのである。

そのふぬけの子孫である劉淵は吐息を漏らしながら嘆く。

太祖である劉覇《りゅうは》は武勇の人であった。王朝の始祖とは皆、そのような人物であるが、その中でも彼は別格であり、歴代王朝の中でも有数の英雄と言えるだろう。中原国を打ち立て、数百年続く劉王朝の礎を築いたことは評価されて当然であった。だが、その子孫はどうだ？　父も叔父も皆、本当に太祖の血が流れているか疑わしかった。太祖の勇壮さの欠片《かけら》もない。戦場に立つどころか、戦場に立つものを軽んじる気風すらある。戦場の勇者である将兵よりも、詩作に興じる文弱な近臣を重用する有様《ありさま》だった。

大臣や近臣たちの讒言《ざんげん》を信じ、有能かつ忠勇《ちゆうゆう》の士を死なせたことも一度や二度ではない。そのたびに仇敵である北胡に領土をかすめ取られ、震えるだけなのだから、救いようがなかった。

黄昏之君《たそがれのきみ》という言葉がある。亡国の君主を指す言葉であるが、劉淵の父劉宗がまさしくそれであった。次の王朝で編纂《へんさん》されるだろう歴史書において、父劉宗は必ず無能と書かれるだろう。

それは本人の資質と行動の帰結ゆえ、当然のことであったが、この国に住まうものにとっては〝当然〟という言葉で済ませられるものではない。国が滅ぶとき、流血がともなわなかった例はない。もしもこの国が北胡に占領されれば、おびただしい量の血が流れることだろう。

北胡は北方の騎馬民族であり、中原に住まう中原国の範民族とは考え方が違う。抗戦したものを許す文化もない。もしも南都が陥落すればそこに住まうものは無事では済まないだろう。かつて北都で繰り広げられた以上の略奪と暴力の嵐が吹き荒れることは必定であった。

そのようなことが起きぬようにしたい。無能な人間が軍事を握り、政治をほしいままにする時代を終わらせたい。皇帝が安楽に走り、奸臣《かんしん》が欲望を満たすような時代に終止符を打ちたかった。

そのような思いで幼き頃から軍学を修め、剣術の鍛練を積んできた劉淵、その努力は思わぬところで報われることになる。

その年、北方で戦役が起きた。中原国が失われた国土を奪還するため北伐を行ったのだ。北胡を討伐するため、起こした戦であるが、劉淵は副総司令官として出陣していた。

一九歳の秋のことである。

一九歳の若輩が副総司令官に抜擢《ばってき》されたのは、劉淵が才能豊かだから――などと自画自賛することはない。一九歳時点での劉淵の軍事的才能は取るに足らない。劉淵が副総司令官に抜擢されたのは劉淵が皇帝の長子だからに過ぎなかった。

やがて軍歴を重ねれば皇帝の名代として総司令官になることは必定であったが、そのときは武略知略ともに極北にありたいものである。

──そのように思っていたのだが、そのときはやってこないかもしれない。そんな不安が胸をよぎる。

なぜならば劉淵は今、敵に囲まれていたのだ。

周りを見渡せば北胡の兵に囲まれていた。鎧《よろい》の上に毛皮を纏った北方の異民族が三〇名ほどいたのだ。皆、刀や槍《やり》を握り、殺気立っている。

副総司令官が敵に囲まれるなど、負け戦なのか、と思われるかもしれないが、この戦、実は中原国軍が優勢であった。戦上手の北胡を珍しく苦しめていたのだ。理由はいくつもあるので割愛するが、このように敵に囲まれるような状況ではなかった。

ならばなぜ、このような事態になっているのか。それはおそらく、総司令官殿の策略のようだった。

総司令官劉敦《りゅうとん》は劉淵の叔父である。つまり皇帝の弟だ。若すぎる劉淵の代わりに総司令官の任を受けたのだが、劉淵が功績を立てるのが気にくわないようで……。おそらくではあるが、彼は次の戦でも、その次の戦でも総司令官職を務めるために劉淵を排除したいのだろう。

「なんとも麗しい親族愛だことで」

他人事のように言い放ちながら、異民族の矢を避ける。彼らは劉淵が東宮だとは知らないらしく、手加減がない。捕虜にしようという意志もないようだ。

「ふむ、叔父上はどのような情報を流したのかな。ここにくれば皇族を討ち取れると吹聴したのか。あるいはただ単に将官がのこのこと歩いてくると知らせたのか」

詳細は分からないが、どちらにしろ身分を明かしたところで北胡兵の殺意は消せそうにない。それにこの国の東宮として生きて虜囚の辱めを受けるわけにはいかなかった。

「捕虜になれば命は助かるだろうが、弟あたりに皇太子の立場を取られるのも癪《しゃく》だ」

陰険にして性悪な弟が未来の皇帝となれば、中原国が滅亡するは必定だった。この国を愛するものとしてそれだけは避けたかった。

「ならば——戦って華々しく討ち死にするまでか」

さすれば中原国の皇太子は勇敢であった、と歴史書は記載してくれるだろうか。そのように未来に思いを馳せたが、襲いかかる敵兵を三人ほど斬り捨てたとき、その浅はかな考えを見透かされる。

——敵兵にではなく、黒衣を纏った男によって。

その男は颯爽《さっそう》と短刀で敵を打ち払いながら言い放った。

「まだ生まれてもいない未来の歴史学者に評価されても一文にもならないぞ」

「…………」

黒衣の男——、後に劉淵の無二の親友となる男、白蓮はにかりと白い歯を見せながら言った。

「それにここで敵兵をいくら道ずれにしたところで、せいぜい伝が数枚残される程度だ。どうせならば皇太子劉淵は〝皇帝〟として仁政を敷いた、と書かれたほうが本望だろう？」

そのように言い放った黒衣の男は、舞うように敵兵の二の腕を切り裂き、最後にこう問うてきた。

「違うか？」

その言葉に劉淵は応えることなく、黒衣の男に背を向ける。最も無防備な後背を預けることによって信頼を示したのだ。後方という弱点を補い合ったふたりの〝戦士〟は旋風を起こすかのように敵兵を切り裂き、脱出路を作った。

このまま戦っても殲滅《せんめつ》できるだろうが、ふたりは理知的で思慮深かった。こんなところで勇を誇るより、一刻も早く、安全圏に逃げることを優先したのである。

ふたりは長年連れ添った夫婦のように息を合わせ、自陣に戻った。

その夜、劉淵は無事、自陣に戻るが、側近のものは全身返り血に染まった主を見て仰天する。慌てる側近たちに劉淵は言い放つ。

「叔父上に報告してくれ。劉淵は悪運強く今も生きている、と」

皮肉気味の言葉であるが、劉淵の側近は有能な忠臣で構成されていた。主を危機に陥れたものが誰であるか察すると、以後、このような事態にならないように協議を重ねた。有り難いことだ。忙《せわ》しなく動き始める部下たちを温かい目で見守ると、突然、右手を摑まれる。

腕を摑んだものは黒衣の男だった。無礼な男に尋ねる。

「ここまできて私が誰かも分からないほど愚かではあるまい」

「最初からおまえが誰であるかなど知っている」

「ならばその腕を摑むのは不敬だとは思わないか？」

「思わないね。俺はこの国の人間ではない。それに医者だ」

「医者？　──おまえ、医者なのか？」

「ああ、わけあって従軍医をしている」

「どのようなわけがあるのだ？」

「賭け事をしてな。それで作った借金を返すために身売りした」

どこまで本当か分からない口調でそう言い放つと、劉淵の耳に顔を近づける。

「……いいから黙ってふたりきりになれる場所に案内しろ。背中に重傷があるのは分かっている」

「…………」

無言で白蓮を見つめる劉淵。

「部下にばれたら大事だぞ。おまえの部下は忠誠心過多だ。劉敦に斬り掛かるものも出てくるかもしれない」

「たしかにな」

「それに刀傷を舐《な》めるのもよくない。傷からばい菌が入れば死ぬぞ。おまえが倒れたら北伐軍は壊滅する。この軍隊でまともな将軍はおまえだけだ」

「……ふ」

自嘲気味に認めると、劉淵はふたりきりになれる場所に移動した。陣幕の内側、自分の私室に案内する。部屋に入ると、白蓮は乱暴に劉淵の衣服を剝ぎ取った。その身体は自前のものと思われる粗末な包帯で巻かれていた。

「なんともまあ汚い包帯だ。一国の皇太子のものとは思えない」

「これは私を庇《かば》って死んだ兵士のものだ」

怒り気味に言うが、白蓮は一言で切り捨てる。

「人が使った包帯はばい菌だらけだ。死にたくなかったら、たとえ恋人の形見でも使用済みのものは使うな」

劉淵は反論しようとしたが、白蓮が乱暴に包帯を解き放った瞬間、激痛が走り、それと同時に大量の血が溢《あふ》れ出《で》る。

「処置も酷いが傷も酷い」

「……それで……助かるのか？」

「助けてみせる。しかし、死ぬほど痛いぞ？」

「構わない。人間、いつか死ぬ。今から予行演習をしておくのも悪くない」

「いい胆力だ」

その言葉、忘れるなよ、と白蓮は沸き立った湯に針と糸を入れ、それを部屋の端に置いてあった老酒《ラオチュウ》に浸《つ》ける。

「あとは木の切れ端でもあればいいのだが……」

そのように呟《つぶや》くと部屋の端に丁度良い塩梅《あんばい》の竹が転がっていた。

「按摩用か。……どこからかクレームが来そうだが、この際、仕方あるまい」

竹を咥《くわ》えさせた瞬間、劉淵の背中にこの世のものとは思えない激痛が走る。白蓮が傷口に老酒を容赦なく振りかけたのだ。首筋から腰辺りまである傷口、広範囲にわたり割れた赤い肉、そこに直接振りかけられた純度の高いアルコール。

傷口にアルコールを掛けるのは消毒液代わりだった。酒は人を酔わせるが、消毒液として使ってもそのような効果はない。ただただ痛みを伴うだけだった。しかし、驚いたことに劉淵はその痛みに耐えた。顔は苦痛に歪《ゆが》んでいたが、意識を失うことはなかった。

「大した漢《おとこ》だな。どんな大男でも堪えられぬ痛みだろうに」

竹を咥えた劉淵の視線は「五月蝿い、早く縫え」と言っていたので煮沸消毒した針と糸で器用に背中を縫う。これまたとてつもない痛みのはずだが、劉淵は脂汗を滲《にじ》ませるだけだった。

その後、劉淵は苦痛に悶えながらも最後まで意識を保ち続けた。一切、身体を震わせることなく、白蓮に背中を縫わせたのだ。白蓮は従軍医として一二七人の人間の傷を縫合してきたが、このような胆力を持つものと出逢ったことがなかった。

（……中原国の皇太子劉淵。非凡な男だとは聞いていたが、こいつは思った以上の傑物かもしれないな）

白蓮はそのように思った。一方、劉淵も似たような感想を持っていた。

（……この男、私が皇太子だと知っているのに一切遠慮することがない。得がたい男だな）

両者、口に出して伝えることはない。しかし、以後、ふたりは戦場で得た友情を生涯、尊いものとして大切にすることになる。

劉淵は中原国の皇族将軍として剣を振るい、白蓮はその皇族将軍の御典医兼知恵袋、つまり軍師として付き従うことになるのだが、この日のことが歴史書に記載されることはない。

ただ、白蓮と劉淵、このふたりの若者の出逢いはこの国の転機になる。北方の異民族に侵略され、抑圧されていた中原国という国に変化をもたらしたのだ。

†

皇族将軍は無能の代名詞、とはこの国に住まうものの常識であった。事実、皇族将軍劉敦率いる北伐軍は北上を開始して以来、連敗に次ぐ連敗だった。小さな争いでは勝利を重ねるが、主要な会戦では敗北を重ねていたのだ。

小競り合いで勝利しても勢力図が塗り変わることはない。小戦でひとつ大都市を奪還しては会戦で複数失う、という采配を繰り返していた。

そのような愚行を重ねること半年。北胡が内乱で本格的な反抗作戦を行えないのをいいことに劉敦と側近たちは〝戦争ごっこ〟に明け暮れていた。

劉淵は愚かな叔父とその側近たちに唾を吐きかけたくなったが、理性によってそれを抑える。――数秒ほどであったが。劉淵は容赦なく地面に唾を吐きかけた。

その姿を見て彼の軍師である白蓮は吐息を漏らす。

「一国の皇太子が唾を吐くとはな。まったく、品がない」

「あの光景を見て唾を吐かない皇太子がいるのならばここに呼べ」

劉淵の視線の先では陣で宴を繰り広げる劉敦一派がいた。昨晩から笛や太鼓の音が途切れたことはない。若い女の艶やかな声も聞こえる。

「叔父上は戦場をなんだと思っている」

「武功を立てた振りをして官位を貰う猟官運動の場かな」

「的確じゃあないか」

　吐き捨てるように言う。

「総司令官があのような様でどうやって兵の士気を保つ？　右翼の一部では兵糧が不足し、凍えるものもいるというのに」

「古来、補給を疎《おろそ》かにする軍隊が勝った試しはない。ましてや戦場で女と戯れる大将のために命を張る兵など存在しない」

「この戦、負けるな」

「改めて確認しなくてもそうさ。北伐が始まって以来、勝ちを重ねているのは俺たちの部隊だけだ」

「そうだな。それもおまえが軍師になってくれてからだ。その前は仲良く全軍で負けていたよ。お手々繋いでな」

「それでも北伐を続行できたのは、もっかのところ北胡で内乱が起きそうだからだ」

「その話だが、本当なのか？　北胡の可汗《ハン》が死病というのは」

「可汗の御典医ではないからなんともいえんが、北胡の可汗が伏せていること、次期可汗を巡って皇族が争っているのは本当らしい——しかし」

「しかし？」

「それも永遠ではないだろう。可汗には有能な御典医がいるらしいし、それに北胡は愚かではない。この国の首脳部のように外敵が迫っているのに権力争いに明け暮れるような間抜けじゃない。近く、一大攻勢に打って出るだろうな」

「そのときが我が北伐軍が撤退するときか」

「ああ、それは定まった未来だが、せめて少しだけでも北部を奪還しておきたい」

「将来、北都を北胡から取り戻す布石にするのか？」

「まさか。俺は中原国が北胡に勝てるとは思っていない」

「まったく覇気がないな」

「冷徹怜悧《れいり》な頭脳が売りでな」

「じゃあ、なんで私に付き従う？」

「おまえを次期皇帝にし、この国を改革するためだ。俺たちの代でこの国の悪弊を一掃することは出来ない。だが、改革の兆しを生むことは出来る。次世代にもっとまともな国を受け渡すことは出来る」

「…………」

「おまえが皇帝になれば、北伐などという愚かな軍事行動に金は使わないだろう。戦争を猟官運動の一環だと思っている愚かなものに権力を与えたりしないだろう」

「当たり前だ。私が皇帝になればあのような輩《やから》、一掃する」

「それがおまえの御典医になった理由だ。おまえが皇帝になればこの国はマシになるだろう」

一国の皇太子に向かってきくような口ではない。しかし劉淵は気を悪くすることはなかった。劉淵は自分に対し、忌憚《きたん》なく意見を言うもの、この国を憂う国士を求めているのだ。自分と同じ志を持つが、自分とは違う意見を持つものをなによりも必要としていた。ゆえに白蓮がどのような皮肉を浴びせようとも怒気を発することはない。むしろ愛おしいと思ってしまうほどだ。無論、抱きしめたりはしないが……。代わりに同じように皮肉を言う。

「私の軍師様は口が悪い。私以外の皇族にそのような口をきけば首を刎《は》ねられるぞ」

「知っているさ。俺を使いこなせるのはおまえだけということも」

「そうありたいな」

そのように纏めると劉淵は東宮直属軍の南路軍を動かす旨を伝える。

「ほう、今、この時期に直属部隊を動かす意図は？」

「出来るだけ領土を奪還しておくのだろう？」

「無論、そう言ったが、勝算はあるのか」

「それを考えるのが軍師の役目だろ」

不敵に言い放つと白蓮は苦笑いを浮かべる。「信頼されたものだな」と言うが悪い気はしなかった。それに攻め込むのならば今という思いもある。先ほど北胡が本格的に動き出すと報告したが、それにはまだ間があるし、季節は秋だった。秋の次は冬だ。冬になれば軍事行動は難しくなる。それに中原国の兵は冬の厳しさを知らない。故地北都周辺が雪で閉ざされることを忘れてしまっているのだ。一方、北胡は違う。彼らの本拠地は北都よりもさらに寒冷だった。つまり、秋のうちに大打撃を与えておかなければ不利になる一方なのだ。ゆえに今、軍を動かすのは下策ではなかった。

それをよく分かっていた白蓮は南路軍単体で北伐することを了承した。

劉淵はそれを叔父の劉敦に報告するが、彼は鷹揚《おうよう》にそれを認めた。政敵のひとりである劉敦が劉淵の申し出を承知したのは意外だった。この北伐において戦功を上げているのは劉淵の南路軍のみ。全軍を通してみれば負け戦ばかりなのである。そんな中、さらに劉淵に功績を立てさせる機会を与えるとは……。劉淵は警戒したが、陣に戻ると白蓮は笑って裏事情を説明した。

「簡単なことだ。この戦が終われば、おまえは死ぬことになっている」

「死ぬものか。私はこの国を改革するまで倒れん」

「それは分かっているが、問題は劉敦の認識だ」

「叔父上は私を暗殺する気か」

「ああ、すでに暗殺者も手配済みだ。おまえが北部の諸都市をいくつか落としたら、おまえを殺す手はずを整えている」

「舐められたものだ。私は殺されないぞ」

「しかし、おまえの御典医が暗殺に協力すると言ったら？」

「な……」

信じられない、といった視線を送る劉淵。白蓮は平然とそれを受け止めるが、劉淵はすぐに意図を察する。

「……なるほど、そういうことか」

劉淵は近くに立てかけてあった剣に手を伸ばす——ことはなく、笑った。

「埋伏の毒の毒か」

「正解」

埋伏の毒とはスパイ、あるいは暗殺者を指す。毒の毒とはスパイのスパイ、二重スパイのこと。つまり白蓮は劉敦に寝返った振りをし、相手の懐に飛び込んだのだ。

「たしかに御典医のおまえが暗殺するというのだから、叔父上も安心して私に軍を託せる」

「いくら功績を立てても死ぬからな。劉敦は今頃、おまえの葬式で読む弔辞の文章を練っているはず」

「しかし、白蓮、叔父上をたばかって平気なのか？」

「あのような俗物、どうでもいい」

「俗物だが、権力と武力を持っている。おまえが裏切ったと知れば必ず報復する」

「自分の身くらい自分で守るさ」

不敵に微笑む白蓮。劉淵はその先の言葉を発しようとしたが、それは白蓮に抑えられた。

「今はそのような些末《さまつ》なことにこだわっているときではない。さあ、冬が来る前に軍を動かすぞ」

そのように言いくるめられ、劉淵は黙って軍を動かした。それが白蓮の厚意に応える道だと悟ったからだ。

その後、劉淵の南路軍は破竹の勢いで北上を重ねる。北部の諸都市を奪還していく。劉淵の南路軍は北伐軍のごく一部でしかなかったが、精鋭中の精鋭であり、指揮官の劉淵は優秀だった。あらゆる軍略と策謀を駆使し、北胡軍を打ち払っていった。

劉敦も劉淵の活躍を見て自軍を北上させるが、精強な北胡軍に一掃される。北伐軍が軟弱だったわけではない、指揮官の質が違ったのだ。劉淵と劉敦、将軍としての能力は天地ほどかけ離れていた。劉淵を麒麟《きりん》に例えれば劉敦は騾馬《らば》にも劣るのだ。それを証拠に劉敦が北上したのを見計らって劉淵が別口で北胡を攻め、都市を奪還することもあった。北胡と劉敦は歯ぎしりする思いだったろう。北胡は次々と領土をかすめ取られ、劉敦は甥《おい》に功績を独占されているのだから。だが、劉淵は気にすることなく、南路軍を指揮し続けた。白蓮は冷徹に献策を捧《ささ》げ続けた。

中原国の麒麟児ともいえる劉淵の指揮、それと白蓮の知謀によって勝利を重ねる。ふたりの才能の融合は想像以上で、南路軍は北都目前まで迫ることになる。

北都とはかつて北胡に奪われた中原国の旧首都である。北都を奪還するのが中原国の将兵の夢であり、目的であった。もしもそれが叶えば劉淵の名声は不朽のものとなるだろう。総司令官どころか、皇帝となることも可能かもしれない。それを熟知していた白蓮は、

「劉淵皇帝、劉宗上皇、というのも悪くない」

と茶化す。劉淵も冗談で、「相国白蓮」と返す余裕を見せたが、その余裕は一ヶ月しか続かなかった。

冬の兆しが見えた頃、戦況が一変したのだ。北胡の内乱が回避されたこともあるが、それ以上に厄介な事態が起きたのである。

「――ごほ、ごほごほ」

戦場で咳《せき》を吐く兵士たちを見下ろす劉淵。白蓮は焦燥感に駆られる。

「白蓮、あれは……」

「風邪だ」

「風邪か。なぜ、この時期に。天は私を見放したのか？」

「風邪の流行は天が決めるものではない。自然が決めるもの」

「自然……」

「風邪というのは小さなウイルスというものが引き起こしているんだ」

「ういるす……」

「ウイルスが好む環境は寒冷低湿。冬はやつらにとって南国の楽園と変わらない」

「……」

「それに北伐軍は補給を軽視している。前線で働く兵士にまともに食事も与えていない。無論、南路軍は違うが、劉敦の兵たちの痩せ細った姿を見てみろ」

「病を伝染させる土壌が揃《そろ》っているのだな」

「そういうことだ。近く北伐軍は瓦解するだろう」

白蓮の不吉な予言は当たってしまう。日に日に流行していく風邪。一週間後には軍隊が機能しなくなるほどであった。無論、北伐軍には他にも従軍医がおり、彼らは必死に風邪の予防と治療に努めるが、ウイルスどころか細菌の存在さえ知らない彼らは無力でしかなかった。

「風邪が天魔のくしゃみがもたらすきまぐれと思っている連中にはなにも出来まい」

白蓮の予測は的中する。二週間後、軍隊の機能が完全に麻痺《まひ》したところに敵襲がやってくる。北胡の本体が南下を始めたのだ。先発隊は万に満たない騎兵の集団であったが、北伐軍はこれ以上ないほど醜態を晒《さら》し、撤退した。その光景を丘から見下ろす劉淵はぽつりと呟く。

「我、天運を得られず」

白蓮は残念そうに口を開く。

「どのような英雄も疫病には勝てないだろうよ」

白蓮はかつて小アジアを制覇し、ギリシャ文明とアジア文明の融合のきっかけを作った英雄の名を思い出す。彼の名はアレクサンダー大王。敵国人からも征服王《イスカンダル》の異名で畏怖され敬われた英雄の中の英雄。彼は西はギリシャから東はインド北西部まで支配下に置いたが、最後は疫病によって軍を撤退させた。気候や風土からくる病、感冒症にも苦しめられたのだ。史上最大の軍事司令官ですら「病」には勝てなかったのだ。劉淵はたしかに英雄の気風を備えていたが、それでも「風邪」を打ち払うことは出来なかった。

「もしもこの世界にワクチンを作る研究施設があれば、あるいは治療薬を作れる人間がいれば……」

詮ないことを思わずにはいられない。ワクチンを作るには先進的な科学技術と人員が必要なのだ。ならばせめて予防を啓蒙《けいもう》したいところだったが、この国では「マスク」一枚配ることは出来なかった。白蓮はこれ以上の感染を避けるため、「手洗い」「うがい」「マスク」の三防を提案したが、総司令官の劉敦に却下されてしまう。医療の知識が乏しいこの世界の人間は手洗いを重視しない。劉淵の部下は汚物に触れた手で肉を摑んで食べたり、鼻をすすった手で他人の食事に触れたりした。

またマスクは兵たちにも不評であった。劉淵の南路軍の兵士でさえ、「このようなものがなんの役に立つのだ」と装着を拒否した。「息苦しい」「邪教徒のようだ」という声も上がる。そのような衛生観念のもとでは予防など不可能であった。

白蓮は残念に思いながら、馬を反転させた。風邪の蔓延は防げなくとも、従軍医には他にもやることが無数にあった。戦闘によって怪我《けが》をした兵士の四肢を切らなければいけないのだ。惨《むご》いことだが、これだけ人が多いと個別に診療する暇もない。重傷者は一律、手足を切り落とさなければいけない。〝統計上〟そちらのほうがより多くの兵士を救えるのだ。

†

陸晋の作る食事に文句を付けることは基本的にない白蓮であるが、その日は珍しく不平を漏らす。

「朝から骨付き肉はないだろう」

その不平に対して不服を述べたのは陸晋ではなく陽香蘭だった。

「白蓮殿は昨日、朝から粥《かゆ》など精が付くか、肉だ、肉にしろと言っていたではないですか」

語気を強める香蘭、それを諭すは陸晋。立場が逆のように見えるのは気のせいだろうか。

「たしかに昨日の白蓮は言った。しかし、今日の白蓮は違う」

「まったく、移ろいやすい人だ」

「女心と秋の空と俺の胃袋は繊細なんだ」

そう言いながらおもむろに白蓮は香蘭の食べている粥を奪う。

「なにをするのです」

「その粥は俺が材料費を出した」

「ですが、わたしのものです」

「五月蠅い。今日は粥がいいんだ。代われ」

「朝から肉など食べられません。わたしはあなたのように胃腸が強くないのです――」

しかし、抗議も途切れてしまう。自分の言葉の意味に気が付いてしまったのだ。香蘭は慌てて白蓮の脈を取り、瞳孔を調べる。次いで聴診器で心音も。

「なんだ、医者の真似事《まねごと》などしおって」

「わたしは医者です。見習いですが」

「師の健康状態を推し量ろうなど百年早い」

「健啖家のあなたが肉を拒むなど尋常ではありません。どこかおかげんが悪いのでは？」

「心身ともに壮健だよ。ただ、夢見が悪かっただけだ」

「夢見ですか？」

「ああ、従軍医をしていたときのことを思い出した。一晩で一九人の兵士の手足を切り落とした」

「……一九人も」

「麻酔なしでな。皆泣き叫び、糞尿《ふんにょう》を漏らすものもいた。皆、俺のことを悪魔と罵ったな」

「たしかにそのような夢を見れば、骨付き肉など食べられませんね」

同情した香蘭は粥の椀《わん》を渡してやる。白蓮は物珍しげに香蘭を見つめる。

「……なんだ、くれるのか？」

「そのような事情を聞いてしまっては断ることは出来ません。わたしが代わりに食べましょう」

香蘭はそう言うと骨付き肉を囓る。元々、肉食を好まない香蘭は顔を蒼《あお》くさせるが、食べ物を粗末にすることがなによりも嫌いなので最後まで食べきる。白蓮は一生懸命に肉を食らう香蘭を見ると感謝――よりもからかいたくなってくる。

「明日から毎朝、肉にしようか。さすればおまえの身体付きも少しはましになろう」

その皮肉を聞いた香蘭は、いーっと舌を出し抗議をしたが、結局、肉を食べきった。

白蓮も粥を食し終えると、一緒に診療所に向かった。

一〇年近く前は劉淵という美丈夫を相棒としていたが、今は香蘭という女見習い医を相棒とする白蓮。過ぎた年月を感じずにはいられないが、あのときも今も充実しているという点では同じであった。

――このような日常が永遠に続けばいい、などと気障ったらしい考えに浸っている暇などない。昨今、白蓮診療所は繁盛していた。冬が近くなってきたためだろうか、咳《せ》き込《こ》む患者が増えてきたのである。幸いと重篤な患者はいなかったので、栄養剤を与え、ゆっくり休むように助言するだけで済んでいたが。

白蓮の治療法に疑問を呈する香蘭。

「白蓮殿、なぜ、風邪の患者に薬を処方しないのです」

「白蓮殿の世界では外科と内科が分かれているとは聞きましたが。ですが、この世界ではどちらも一流ではありませんか」

「違うな、超一流だ。しかし、内科を極めても風邪は撲滅できないのだよ」

「そうなんですか」

「ああ、風邪と癌《がん》は撲滅したらノーベル賞を三個貰える」

「意味が分かりません」

「この国で例えたら、相国と大将軍の位を貰うようなものだ」

「それはすごい」

「つまり不可能なんだよ。風邪を撲滅するのは。いいか、風邪というのはウイルスの仕業とは教えたな」

「はい。ウイルスとは細菌よりもさらに小さい非生物のことですよね」

「そうだ。細菌は曲がりなりにも俺たちと同じ生物だ。抗生物質などによって対処できる。しかし、ウイルスは生物ではないのだ」

「生き物ではないから薬で殺すことは出来ない」

「ああ、ウイルスを除去するには劇薬にも似た薬が必要となる。最悪、投与した患者を殺してしまうこともある」

「それは恐ろしい」

「そうだ。だから風邪は罹った後のことを考えるよりも、罹らない方法を考えたほうがいい」

「それが前に言っていたワクチンという概念ですね」

「よく覚えているな。こちらの医道科挙には出てこないのに」

「興味深い知識ですから。ワクチンとは病気の元となるウイルスを弱めてあらかじめ人体に投与し、抗体を作るのですよね」

「そうだ。身体の中で出来る抗体ほど強いものはない。毒をもって毒を制す、の概念だな。他にもウイルスから毒性を取り除き、抗体だけを作り出す不活化ワクチンというものもある。あるいはウイルスに似せた粒子を作り出し、それをワクチンとするＶＬＰというものもある」

「素晴らしい。しかし、白蓮殿はなぜ、それらを作らないのです」

「風邪が撲滅されたら商売があがったりだ」

「…………」

「…………」

弟子の視線がきつくなったような気がするので、冗談はやめる。

「ワクチンを作るのには巨大な設備がいるんだよ。この国にはない設備を大量に設置し、人員も無数にいる。ウイルスというやつは非生物だから、毎年のように型が変わるのだ。つまり、毎年、新しいワクチンを開発せねばならない」

「不可能なのか。残念です」

「そういうことだ。仮にワクチンを作り出せても、効果や安全性を確認するために人に投与し、試験せねばならない。その過程で死亡事故を起こすこともある。そのような危険を冒すのは厭だろう？」

「たしかに、わたしに命の選別は出来ない……」

「それにワクチンは研究医の領分、俺は外科医であり、内科医だが、万能ではない」

そのように言い切ると話を終える。

「我々に出来るのは風邪の予防と対症療法だけ。診療所に来たものには手洗いとうがいをするように啓蒙しろ。風邪を引いてしまったものには栄養を摂り、身体を温めるように指導しろ。ウイルスは熱に弱いからな」

「はい」

香蘭は即答すると診療所に貼る啓蒙書を作り始めた。白蓮の世界でいうポスターである。香蘭は手先が器用なので絵も添える。兎に似た二足歩行の生き物が手洗いとうがいをしているのは奇妙だが、童子には好評だった。

陸晋は診療所を清潔に保ち、至る所に火鉢を設置した。そこに薬缶《やかん》を置く。常に薬缶でお湯を沸かすことによって診療所を蒸気で満たすのだ。ウイルスというやつは湿気に弱いのである。これでここで働くものや入院患者の院内感染は多少防げるはずだった。事実、白蓮診療所の入院患者で風邪の症状を示すものはいなかった。香蘭はそのことを誇らしく思っていたが、外の世界ではとんでもないことが起こっていた。

白蓮診療所は月に数度の無料診療日以外は、とても高い治療費を請求する。つまり庶民が気軽に診てもらうことは出来ない。そもそも白蓮は風邪は治せないと公言しているから、風邪の症状が出たからとやってくるのはよほどの金持ちだけだった。ゆえに白蓮も香蘭も〝見えて〟いなかった。世間では想像以上に風邪が蔓延していたのだ。

診療所と妓楼の往復しかしない白蓮では気が付きようもなかったが、南都を行き来する香蘭は遅ればせながら異常に気が付く。

香蘭の実家である陽診療所も、貧民街にある夏侯門《かこうもん》診療所も、そして東宮内に設置されている診療所さえも風邪の患者で溢れていたのだ。街角の人々も咳をするものが目立った。

「これはもしかして風邪ではなく、〝流行性感冒症〟なのでは」

そう思った香蘭は師に知見を伝えに行く。

流行性感冒症とは〝インフルエンザ・ウイルス〟によって起こる感染症のことである。

通常の風邪とは異なり、爆発的な感染力を持つ風邪のことを指す。この世界でも定期的に蔓延するが、そのたび、おびただしい数の死者を出す。それは白蓮の世界でも同じで、SARS《サーズ》にMERS《マーズ》、COVID《コビッド》-19は記憶に新しい、とのことだった。

「古い記憶――、歴史を辿ればスペイン風邪が一番恐ろしいだろうか。死者の数、数千万、その猛威は世界大戦終結を早めたほどであった」

当時、白蓮の世界で流行したスペイン風邪、爆発的感染力を誇るパンデミックは多くの人々の命を奪った。人類の三分の一が感染し、その十分の一が死んだという統計もある。おびただしい数の死者は徴兵可能な若者の命を奪い、皮肉にも戦争終結を早めたという逸話もあるが、スペイン風邪は人類にとって災厄以外のなにものでもなかった。

香蘭の報告を聞いた白蓮は自分の持つ知識とこの国の歴史を照らし合わせる。定期的に巻き起こる伝染病について調べ始めたのだ。次いで香蘭の父や夏侯門を呼び出し、街の事情を尋ね、彼らにウイルスの概念を説明し、予防方法についてレクチャーをした。白蓮を信頼している香蘭の父たちは彼の言葉を信じ、知り合いの医者にも予防を啓蒙するが、焼け石に水であった。

「南都は広い。陽家も夏侯門も他の医者に信頼されているが、それでも南都の医者すべての蒙《もう》を啓《ひら》くことは出来ない」

「父上たちの知り合いはマスクを作り配布しているそうですが、この国の民衆にマスクをする習慣は根付きません」

「手洗いにうがいもな。家に帰ったら手を洗い、塩水でうがいをするだけでいいのに」

「うがいの仕方が分からず、塩水を飲んでしまうものもいるとか」

「そのような民度では『手洗い』『うがい』『マスク』の三防を広めるのは難しいな」

「たしかに。しかし、不可能ではないと思っています」

「ほう、根拠は？」

「我が師白蓮殿は神医ですから」

香蘭はにやりと口元を緩める。吐息をつく白蓮。

「まったく、おまえは人をおだてるのが上手《うま》いな」

「まさか。真実を言ったまで。それに白蓮殿ならばなにか策があるのでしょう？」

「まあ、一応はな」

「お聞かせ願えますか？」

「いいだろう。その代わり、協力しろよ」

「それはもちろん」

そのように頷くと、白蓮は香蘭に策を話し始めた。

陽香蘭は白蓮診療所の見習い医であるが、同時に東宮府に席を置く宮廷医の見習い医者でもあった。そのような立場であるから、東宮府には自由に出入り出来たし、東宮と面会することもたやすかった。

翌日、香蘭は東宮府に向かうと、東宮に面会を願い出た。東宮は多忙を極めたが、香蘭が無意味に請謁するとは思わなかったので、時間を割いてくれた。

執務室に足を踏み入れると、東宮は相も変わらず書簡に目を通していた。この御方は常に書簡を読んでいるか、書き物をしているか、の二択である。それだけ仕事熱心なのだが、もう少し自分をいたわってほしかった。己の身体をいじめ抜くかのように仕事に熱中している。

失った蝶への贖罪《しょくざい》か。

あるいは喪失感を紛らわすためかもしれない。香蘭はそのように思っていたが、東宮は己の心の内を語ることはないだろう。彼は白蓮と一緒で本心を晒すことをよしとしない。まったく、似たもの同士だった。

寂しいことではあるが、今日はそれを改善するように具申するときではない。香蘭がすべきは白蓮が提唱している「三防」を民に周知することであった。国民からの人気が高い東宮が先頭に立って啓蒙すれば、国民もマスクを装着してくれると思ったのだ。それに、国費でマスクを製造してほしいという思いもあった。

香蘭は忌憚なく思うところを述べる。東宮は香蘭の願いを聞き終えると、香蘭の顔を見ることなく、即、返答した。

「分かった」

朝食の内容を決めるよりもあっさりとした口調に、香蘭は逆に戸惑ってしまう。劉淵は視線を合わせることなく、疑問に答えてくれる。

「それは白蓮が出した答えなのだろう？　ならばなにを逡巡する必要がある？」

無味乾燥な答えであったが、その根底にあるのは白蓮への絶大な信頼感だった。

東宮は即座に三防の要であるマスクと消毒液の製産を指示、量産体制に入ったが、それらが庶民の手に届くことはなかった。

東宮の叔父である劉敦がマスクをするなどとんでもない、と皇帝に告げ口をしたからである。

劉敦がマスクを嫌ったのには理由がある。劉淵の勧めでマスクを装着した官吏から報告を受けたとき、表情が読み取れず、不快に感じたという。また、宮廷内を覆面のまま歩かれれば暗殺者が紛れ込んでも分からない、というのが彼の主張であった。

彼の言は一見、正当性があるように思われたが、奥底にあるのは劉淵への遺恨であった。昨今、北胡に対する軍事行動を主導するのは劉淵だった。総司令官の座は東宮である劉淵が任されることが多かった。劉淵は政務でも存在感を増し、この国の軍政を担っているともっぱらの評判であった。

劉敦は政治に無関心な兄に成り代わりこの国の政治を牛耳ること、あわよくば皇帝になることを夢見ていたから、劉淵の存在は目の上のたんこぶであった。劉淵がすることはたとえそれが国のためでも反対するのが、劉敦の基本方針となっていた。

皇帝は弟の劉敦のことを可愛げがあるとも、忠臣であるとも評価していなかったが、彼が持ってきたマスクを見て顔をしかめた。

皇帝は政治に関心はなく、疫病にも興味を持ったことはない。風流で雅やかなことにしか興味はなかった。ゆえに宮廷で官吏や女官たちがマスクで顔を隠すのは無粋に見えたのだろう。鶴の一声によってマスクと消毒液の使用が禁じられてしまった。

報告を聞いた東宮は政務所の机の上にあるものをぶちまけ、不快感を露《あら》わにした。

「父上も叔父上もふぬけなだけでなく、間抜けだ。この中原国も長くはないだろう」

その台詞を耳にした岳配は東宮を制する。

「東宮様、お声を静かに。もしもそのような言葉が誰かの耳に入りましたら一大事ですぞ」

「中原国の宮廷では、言論によって士大夫を処罰せず、という原則がある」

「処罰はせずとも左遷されたものは数多《あまた》。ときには左遷先で死を賜ることもあります」

そんなことは知っている、と皮肉を返そうとしたが、長年、仕えてくれている老人の表情があまりにも真剣だったので正気を取り戻す。

「――すまない。配慮感謝する」

「東宮様には大志があるのです。このような場所で失脚するのは馬鹿らしゅうございます」

「そうだな。しかし、このような場所というが、今、このとき、疫病の蔓延を防がねばこの国そのものがなくなってしまうかもしれぬぞ」

「疫病で滅亡した国などありませぬ」

「疫病ではな。しかし、北胡が蠢動《しゅんどう》しているという報告もある。もしも疫病の蔓延と北胡の南下が重なればこの国は容易に滅ぶ」

「……たしかに」

東宮の正しさを認めた岳配は、間諜《かんちょう》を使って北胡の動きを探る旨を伝えた。それと三防を広める策も。

「おお、この期に及んで策があるとは。さすがは岳配、亀の甲よりも年の功だな」

「伊達に無駄生きをしてはおりませぬ」

冗談めかしたやりとりの後に発せられたのは、意外な言葉だった。意外ではあるが、ある意味王道であり、順当な策であった。

その策の理を感じた東宮はすぐさま香蘭を呼び出し、実行させることにした。

†

白蓮診療所に戻ると、香蘭は陸晋と一緒に準備を始める。香蘭が勝手に白蓮の部屋の着物に手を付けると、彼は「こら」と香蘭の頭を叩《たた》いた。

「頭が悪くなったらどうしてくれるのです」

自分の頭を撫でながら不平を漏らすが、白蓮には通じないようだ。

「人様の部屋を漁るとはどんな教育を受けたんだ」

「それはこちらの台詞です。自分の荷物くらい自分で纏めてください。陸晋に聞きましたよ。旅の準備はいつも彼がやっているらしいじゃないですか」

「その口ぶりだと俺をどこかに連れ出そうという算段か」

「その通りです。これからわたしと一緒に南都郊外にある鹿梓村《かしむら》という場所に向かってもらいます」

「なぜ俺がそんな聞いたこともないような村に向かわなければならない」

「岳配様の策です。鹿梓村は卜占《ぼくせん》の村だそうで、多くの宮廷占い師を輩出しています」

「大層な村だな」

「そんな村の人たちが三防を徹底し、風邪に罹らないとなったら、占いを信じるやんごとなき方々はどうなると思います？」

「頑迷な宮廷のあほうどもも考え直す、か」

「そういうことです」

「鹿梓村と周辺の村で統計を取れば宮廷の連中も再考するかもしれないな。ふむ、悪くないか」

己の顎に手を添え思考を重ねると、白蓮はそのように纏めるが、自身は行く気がないようだ。香蘭の着物の襟元を摑むと犬猫を扱うかのように部屋の外に追い出す。

「三防の説明ならばおまえでも出来るはずだ。ひとりで行ってこい」

その台詞は想定内だったので、香蘭は「なぜです」などと反発することはなかった。代わりに魅惑的な餌を提示する。

「鹿梓村は温泉が湧き出ているらしいです。立派な露天風呂もあるそうな。酒を飲みながら露天風呂に浸かるのはさぞ風流でしょうね」

「…………」

香蘭の魅力的な提案が届いたのか、白蓮は陸晋に命じて旅の用意をさせる。その変わり身の早さはどうかと思うが、重い腰を上げさせることが出来たのだから、ひとまずは成功と言ってもいいだろう。片目をつぶり、陸晋に作戦成功を伝えると、陸晋も同じ合図を返してくれた。

香蘭は家に戻り、自分の準備をする。母親は「婚前旅行、婚前旅行」とはしゃいでいたが、父は珍しく渋面を作った。やはり嫁入り前の娘が男とふたりきりで旅をするなどよくないことなのだろうか、と悩んでいると父は「そんなことはない。白蓮殿とおまえのことは信用している」と言った。ならばなぜそのような表情をしているのか、と問いただすと父は言った。

「鹿梓村の住民は迷信深い上に頑迷だ。彼らの心を開くのは容易ではない。そうだな、例えるならば大河の流れを棒きれ一本で変えるようなものか」

父は娘の苦労を思い吐息を漏らすが、香蘭は思いの外元気だった。そんなことは端《はな》から承知の上だったからだ。

「大河の流れも百年経《た》てば変わるでしょう。我々が住んでいるこの南都も元々は湿地帯だったと聞いています」

少し哲学的すぎたかな、そう思った香蘭は補足する。

「それに我が師匠である白蓮殿は傑物ですが、最初、わたしが彼の弟子になると言ったとき、家族のものは皆、いい顔をしなかったではないですか」

白蓮の存在を香蘭に知らせた順穂は慌てふためき、嫁入り前の娘が弟子入りなどと母は顔を蒼くさせていた。

「白蓮殿には人の心を変える力があります。今回もそれに賭けてみたい」

香蘭がそのように纏めると、父は旅立ちの許可をくれた。香蘭は順穂と一緒に準備を始めるが、そんな娘の姿を見ながら父親は言った。

「そうだな、たしかに白蓮殿には人の心を変える力がある。〝剛〟の力によってどんな急流の流れも変えてしまうだろう。しかし香蘭、おまえは〝柔〟の力を持っている。その柔らかな気持ちによって人々の心を変えていく。――それも良い方向に」

そんなふたりならばやがて大河の流れすら変えてしまうかもしれない。

陽香蘭の父、陽新元《しんげん》はそう思ったが、口にはせず、黙って娘の旅立ちを見送った。

鹿梓村は卜占の村。代々、宮廷占い師などを輩出する村である。その始まりは中原国の太祖劉覇の時代にさかのぼる。戦に敗れ傷ついた劉覇は鹿梓村まで落ち延びたのだが、そこでひとりの巫女《みこ》と出逢うと彼女に占いをさせた。

「天運拙く戦に敗れたが、俺はここで終わるような男ではないと思っている。おまえの神はどう思っている？」

巫女はにこりと微笑むと、天啓を劉覇に伝えた。

「あなたはやがて王朝を作り上げるでしょう。初代皇帝となる」

その預言は成就し、以来、鹿梓村は税金を納めなくてもよくなったという伝承がある。

税金免除の特権はすでになくなっているが、鹿梓村は今も中原国から手厚く遇されているようだ。村へ続く街道も整備され、村自体、見窄《みすぼ》らしい建物が少なかった。

そのように考察していると鹿梓村に到着する。さっそく、東宮の綸旨《りんじ》を見せ、この村で三防の啓蒙をする旨を伝えた。案の定、鹿梓村の村長はいい顔をしなかった。

「この村は太祖劉覇様由来の地、そんな邪教のような習慣を強制されようとは」

と嘆く。

「邪教ではなく、風邪の予防です。我々の言うことを聞いてくれれば必ず風邪に罹るものを減らせましょう」

そう言い切ると渋々、協力する旨を了承してくれるが、心から信頼してくれているわけではないようだ。村の広場で三防の啓蒙書を貼る許可をくれただけだった。

「まあ、千里の道も一歩から。徐々に啓蒙するまで」

と香蘭は張り切るが、その心意気は一日で消沈する。翌日、なにものかによって啓蒙書が破り捨てられていたのだ。白蓮はその様子を見て、

「なかなかに手強《てごわ》そうな村人ではないか」

と言った。香蘭は肩を落とすが、それでも諦めはしない。村人をひとりひとり説得するため、自宅を訪問したのだ。陸晋と一緒に書き写した図解入りの啓蒙書、それとマスクと消毒液を配る。何人かは受け取ってくれたが、何人かからは突き返された。それだけならばいいが、お経や呪詛を唱えられ、水を浴びせ掛けてくるものもいた。

ずぶ濡《ぬ》れになった香蘭を見て、白蓮は「色っぽくなったな」と笑ったが、それでも香蘭は村人回りを続けた。

そのようなことが一週間続くと村人の中にも心を開いてくれるものが現れる。徐々にマスクを受け取ってくれるものが増える。香蘭が考案した手洗いとうがいの唄を歌う童子を見かけるようになる。

「石の上にも三年」

白蓮はそのように評してくれるが、それでもまだ協力的なものは三分の一に満たなかった。この手の予防は全員が参加してくれないと意味がないのである。

決意を新たにするが、なかなかそれ以上の協力者は増えなかった。なぜだろうと思っていると白蓮が答えを教えてくれる。

「この村の有力者は村長ではない。占い師だ。占いの村だからな」

「なるほど、たしか大巫女様と呼ばれるご老体がいるのですよね」

「そうだ。彼女をこちらの味方に引き込むことが出来ればおのずと残りの村人も協力的になろう」

白蓮は「ただし――」と続けるが、言い終えるよりも先に香蘭は動き出していた。その姿を見て吐息を漏らす白蓮。

「まったく、人の話を最後まで聞かない娘だ」

白蓮は、ただし、大巫女の頑迷さは岩石のようなもの、と付け加えようとしていたのだ。

「……まあいいか。無法天に通じる、という言葉がある。あのように無思慮に突き進むものに天は味方することもある」

そのように纏めると白蓮は村の露天風呂に向かう。そもそも白蓮はそこで熱燗《あつかん》を飲みながら養生するためにやってきたのだ。

香蘭は村の最奥部に向かった。一際立派な建物の奥にひとりの老女が鎮座している。とても小柄でその顔は皺《しわ》にまみれていた。微動だにしないことから、最初、干物か木乃《みい》伊《ら》なのでは？　と疑ってしまったが、香蘭が深々と頭を下げると、老女は言葉を発した。

「——おや、面白い娘が来たね」

ゆっくりではあるが、思いの外明瞭な言葉だった。なにが面白いのかと尋ねると、

「いや、やがて黒い娘と因縁を持つ未来が見えてね」

「黒い娘？」

「こちらのことさ」

大巫女は乾いた笑い声を上げると、本題に入った。

「おまえは妾《わらわ》に三防とやらに協力してほしいのだろう？」

「さすがは大巫女様。なにもかもお見通しですね」

「これだけ忙しく村を駆けずり回っているんだ。厭でも耳に入る」

「では単刀直入に。ご協力願えますか？」

「協力してやる」

「え……」

「どうした？　協力してほしくないのか？」

「まさか。ですが、こんなにあっさり承諾してくれるとは思っていなくて」

「妾は占い師じゃ。その力は大いに弱っているが、吉凶を占うことくらいは出来る。おまえの相からは〝吉〟が見えた」

「なるほど、有り難いです」

「しかし、この国全体からは〝凶〟の相が見える」

「……それは風邪の流行が収まらない、ということでしょうか？」

「それは分からない。しかし、まあ、やってみる価値はあるだろう。国が滅んでもこの村の人々は生きていかなければいけないのだから」

不吉だが、含蓄ある言葉だ。国破れて山河あり。国は消え去っても民の暮らしは続くのだ。彼らの〝命〟こそ一番に考えなければならない。そう考えた香蘭は大巫女のもとに人を集めることにした。香蘭は大巫女の弟子の少女に村人を集めるように頼む。少女は説得は難しいのではないか、と控えめに尋ねてくるが、香蘭は毅然と答える。

「困難なのは承知の上。しかし、困難と不可能は違う。心を込めて話せばきっと理解してくれるはず」

香蘭がそのように言い放つと、少女は僅かに頷き村の中心地に向かった。

続々と村人が集まる。香蘭は彼らを説得するための言葉を用意していたが、ここにきて事態が急転する。演説の途中で大巫女が倒れたのだ。

腹を抱えて脂汗を滲ませる大巫女。香蘭は反射的に容態を見るが、即座に自分の手には負えないことを悟る。その知見は正鵠《せいこく》を射ていた。露天風呂に浸かっていた白蓮を呼び戻すと開口一番にお褒めの言葉を頂く。

「下手に動かさず、俺を呼んだのは正解だ」

手慣れた所作で診察し、周囲のものにも問診する。白蓮は診断を終えると彼女の病名を口にする。

「腹部《ふくぶ》大動脈《だいどうみやく》瘤《りゆう》破裂」

難解にして不吉な響き。中原国にはない言葉であるが、この国で使われている漢字という文字には利点がある。その言葉を知らなくても漢字を見ればおおよその意味が分かるのだ。師の言葉を脳内で書き上げると、香蘭はその意味を悟った。

「腹部に出来た出来物が破裂したのですね」

「読んで字の如《ごと》くだな。腹部の大動脈に瘤《こぶ》が出来て破裂した。この国の医療では即死亡の事例だ」

「白蓮殿の西洋医学では？」

「俺の世界でも似たようなものだ。大動脈が破裂すれば大抵死ぬ」

「──しかし、神医白蓮は違うのでしょう？」

「そうだな。俺ならば生存の可能性を何割かは上げられる。無論、それに対応する器具を持っていればの話だが」

「持っているのですか？」

「そうそう都合良く──持っていたりする」

　そう言うと白蓮は道具箱に入れてある人工血管を取り出すように命じる。香蘭は喜んで従った。

「さすがは白蓮殿です。このような事態を予見していたとは」

「たまさかだ」

　と謙遜をするが、彼は珍しく運命論めいた言葉を口にする。

「大巫女はおまえとの出逢いに運命を感じたのかもしれないな。あるいは俺も──」

　偶々《たまたま》、道具箱に入れていた人工血管だが、普段はこのようなものを持ち歩くことはない。ちょうど使用期限が迫っていたので、捨てるくらいならば、と道具箱に入れただけなのだ。このような偶然があるのだろうか。白蓮は不思議に思いつつ首をひねるが、結論は纏めず、大巫女の手術の準備を始めた。

「ステントグラフト内挿が出来れば腹を開くことなく手術できるのだが」

そう愚痴るが、人工血管があるだけでも僥倖なことであった。手早く白衣に着替えると香蘭に消毒させる。ビニールを貼り、簡易的な手術室を作り出すと、短刀を老女の腹に入れる。大動脈の破裂は小規模であったが、それでも並の医者では治せない。白蓮は並の医者ではないことを証明するため、神速で手術を始め、終わらせた。半刻ほどで大巫女の腹を閉じると、彼女の命を救ってみせた。

村の精神的支柱である大巫女を救った白蓮は当然のように賞賛され、喝采を浴びる。命を取り留めた大巫女も感謝の意を示し、改めて白蓮の三防を徹底する旨を承知した。

こうして鹿梓村の人々の信を得た白蓮、弟子の香蘭の言葉に皆、耳を傾けてくれるようになる。香蘭は村で集会を開き、家を一軒一軒回って、三防について説明をした。村人たちは真摯に話を聞き、手洗いとうがいをし、自分たちで作ったマスクを装着するようになった。すると三防を徹底した鹿梓村から風邪の患者は一掃された。新規で風邪に罹る患者がいなくなったのである。その噂は広まり、周辺の村も三防を取り入れると、その村々でも劇的に患者が減った。

香蘭は各村々で統計を取り、それを書簡に纏めて東宮に送った。東宮の懐刀の岳配はそれを持って宮廷の各省を回り、説得の材料とする。一人単位の細やかな統計を見せられた各省の責任者は、三防の有益さを認めざるを得なかった。

——認めざるを得なかったが、三防を採用するかはまた別の話だった。行政や民事を担当する内侍省や民事省の長史たちは首を縦に振らなかった。彼らは三品官の高官であるが、宮廷にはそれ以上に権力を持つものもいる。品の位を超越した皇族が漫然と権力を握っているのだ。そのうちのひとりである皇弟《こうてい》の劉敦はとかく東宮を嫌っていたから、劉淵が発案するものを了承することはなかった。有益で国益になるものほど反対したくなるようだ。かつて傷つけられた自尊心、嫉妬、それらが渦巻いていたが、それ以上に皇位に対する異常な執着が甥を憎む原因となっていた。

劉淵はそのことを知っていたし、嫌がらせを受けたことも一度や二度ではなかった。そのたびに政争を繰り返してきたのだが、今回は一歩も引くことは出来なかった。このまま風邪が蔓延すれば大量の死者が出る。それだけでなく北胡の侵攻を許すかもしれない。劉淵は必死に宮廷工作をし、苦手な父のもとに赴いては三防の利点を説いた。

面会を申し込むたびに父は面倒くさそうに「叔父と協議しろ」と言ったが、連日の面会に嫌気が差したのだろう。最後には「善きにはからえ」という言葉を引き出すことに成功した。お気に入りの蘭《らん》の花が届いたときに声を掛けたのが奏功したのだろう。劉淵は皇帝の気が変わらぬうちにあらかじめ作っておいた三防用品を国民に配った。

まずは南都の民に配る。病が蔓延していたのは南都の庶民や貧民が暮らす地区だったので、そこに重点的に配布する。彼らは東宮が是非、というとなんとかマスクを装着してくれた。事前に陽新元や夏侯門がマスクの有益さを流布し、鹿梓村での成功を喧伝《けんでん》したのが功を奏したのかもしれない。南都の民のマスク装着率は向上した。

「香蘭の奔走が効いていますな」

岳配の言葉であるが、疑いや異論を差し挟む余地はなかった。劉淵は香蘭の奮闘を賞賛し、九品官の位を与えようとしたが、それは本人に拒否された。

「東宮府に入れるぎりぎりの官位で十分でございます」

香蘭はどこまでも欲目を見せなかった。劉淵としては八品や七品も視野に入れての提案だったので少々気分を害したが、香蘭に文句を言うことは出来なかった。

──予想していなかった凶事が南都に迫っていたからである。

国民の啓蒙に成功した劉淵だが、軍隊までは掌握できなかった。かつて大将軍を務め、軍事を司《つかさど》る大司馬と昵懇《じっこん》の仲である劉敦は軍人のマスク着用を拒否させた。そのようなものを付けて戦えぬ、と主張したのだ。事実、軍人は一日に何里も歩く。武芸の稽古のときは息を切らすのだ。マスクを付けなくていいのならばそれに越したことはなかった。兵士たちも歓迎し、中原国の軍隊でマスクを装着したのは東宮直属軍の南路軍だけであった。そうなれば三防策の効果も半減してしまう。事実、中原国の兵士は咳き込むものも平気で南都中を歩き回った。結果、三防を守る国民も彼らがまき散らすウイルスに感染することになってしまったのだ。

──白蓮診療所に溢れかえる風邪の患者。陽診療所も、夏侯門診療所も人で溢れている。この南都で風邪患者のいない診療所はない、という段階になったとき、この国の運命に亀裂が入る。

南都の北方から急使がやってきたのだ。彼は全身傷だらけになりながら、北胡襲来を伝えた。すでに北方の諸都市や砦《とりで》は陥落しているとの報告もある。

「なんと無能な！　北方の諸将はただ飯ぐらいか！」

軍官僚や将軍たちは同僚を罵るが、それは天に唾を吐くが如き態度であった。北方の諸都市が陥落したのは、風邪によって兵たちが弱体化していたからだ。砦も同じだ。まともな反撃も行えずに降伏するしかなかったのだ。

この段になって宮廷はやっと危機感を覚える。軍事的な才能がある摂政のもとに足繁《あししげ》く通う重臣や官僚たちはこの事態をなんとかしてもらおうと劉淵に命運を託す。

「この期に及んで主導権を渡されてもどうにもならない」

それは皮肉ではなく、事実以外のなにものでもなかったから、あえて口にすることはなかった。この国を愛する国士である劉淵は最善を尽くす。

遅まきながらも国軍すべてに三防用品を配ると、予防と治療を徹底させた。少しでも熱のあるもの、咳き込むものは家族以外と会わぬようにさせる。街の娯楽施設もすべて閉じる。酒家や妓楼などの不要不急な施設は休止させた。無論、彼らにも生活はあるから、今年の税金は免除し、あるいは生活資金を低金利で貸し出した。

劉淵の対策によって風邪の蔓延は徐々に収束していく。診療所に足を運ぶ民の数が日に日に少なくなっていく。それを見た官僚たちはさすがは東宮様と褒め立てるが、東宮は終始苦虫を嚙みつぶしたような顔をしていた。

「……もっと早く実行していれば、この国は滅ばなかったものを」

下唇を嚙みしめると、東宮は一枚の書状を書く。それを配下に託すと白蓮診療所に届けさせた。

風邪患者の治療でてんやわんやの診療所であるが、東宮からの文を見ないわけにはいかない。白蓮は〝数日ぶり〟の休憩を取るついでに友からの手紙を見る。その日、陸晋は薬を仕入れるため、診療所を留守にしていたので、白蓮は珍しく自分で茶を入れた。その味は白湯《さゆ》よりましという程度で、改めて陸晋の有り難さを感じながら、香蘭を呼び出した。香蘭は猫の手も借りたい状態だったが、師を無視するほど常識知らずでもなかったので、すぐに応接間に向かう。部屋に入ると、師匠は開口一番に言い放った。

「陸晋が帰ってきたら、即座にこの国からおさらばするぞ」

「………………」

突然の台詞に、香蘭は沈黙以外の回答が出来なかった。しかし、師が常日頃からなにかあれば亡命すると言っていたことを思い出すと、いつものように諭すことにした。

「たしかに今回は、いや、今回も宮廷の動きは最悪でした。しかしだからといってこの国難の時期に逃げるのは筋が違うでしょう。我々を頼りにしてくれるものもいるのです」

「なるほど、たしかにそうだ。しかし、それでも俺の気持ちは変わらない」

「……分かりました。好きにしてください」

死にかけている患者の顔が浮かんだ香蘭は病室に戻ろうとするが、白蓮に手を摑まれる。彼はぐいっと香蘭を引き寄せると、

「言い方が悪かったかな。亡命にはおまえも連れて行く」

あまりにも真剣な表情、行動に香蘭は思わず頬を染めてしまうが、湧き出た感情を即座に否定する。

「な、なにを言っているのです」

香蘭が抗議をすると、白蓮は詳細に事態を説明した。

「劉淵から報告があった。南都の目と鼻の先まで北胡の軍勢が迫っている。迎撃しよう

にも軍は瓦解状態だ。近く、この南都は北胡に占領されるだろう」

「な、まさか……」

信じられなかったが、白蓮の表情、東宮の性格を考える限り、その報告が虚偽であるとは思えなかった。しばし白蓮の顔を見つめると、彼に背中を押された香蘭は急いで自宅に戻る。父と母と姉、それに家人に北胡襲来の情報を伝え、彼らに逃げるように勧めた。

香蘭を信頼している家族は最低限の家財を荷車に詰め込み、南方へ避難した。香蘭はそれを見届けると白蓮診療所に戻る。診療所はすでに静かになっていた。主である白蓮も避難したのだろう。小言と皮肉しか口にしない師であるが、いなくなると寂しいものだ。そのような感想を持ったが、それ以上思考は重ねず、香蘭は患者たちの治療を続けた。

北胡の襲来は避けられない。このままここにいれば最悪の事態も想定できたが、助けを求める患者を残して逃げ出すことは出来なかった。病に苦しむ患者を置いていくのは香蘭が目指す〝仁〟の医療とは対極なのである。ゆえに白蓮には家族と逃げる、家族には白蓮と逃げると嘘をつき、ひとり、戻ってきたのだ。

白蓮診療所の患者は白蓮がいなくなったことを不審に思ったが、「白蓮先生より香蘭先生のほうが優しい」と喜んで香蘭の未熟な治療を受けてくれた。陽診療所に残された患者も同時に診るため、文字通り寝る暇もなく両診療所を行き来したが、三日目に変化が訪れる。

南都の大門、城壁周辺が慌ただしくなったのだ。近所のものは何事かと様子を見に行ったが、事情を知っていた香蘭は無視し、患者たちの治療に当たった。やがて誰かが、「北胡が、北胡が攻めてきたぞ」と叫び、同時に南都は狂騒に包まれるのだが、それでも香蘭は診療所で治療を続けた。この診療所に北胡の兵が乱入してくるまでそれは変わらない。その後、どのような運命を辿るか、想像するまでもなかったが、それでも香蘭は患者を救う道を選んだ。

外の様子は分からぬが、民が逃げ惑う声、兵士の怒号、剣戟の音も聞こえる。一瞬それも静まりかえるが、それは嵐の前の静けさであり、診療所の門が破られると同時に終わる。北胡の言語が響き渡る。

「ここは診療所らしいぞ、金目の物があるやもしれぬ」

おそらく、そのように言っているのだろうが、確認する術はない。香蘭はこの段になってやっと短刀を握り締めると覚悟を固めた。

「異民族の慰みものになるならば死を選ぶかな」

それとも最後まで抵抗し、中原国の女の意地を見せるか。迷うところであるが、香蘭の覚悟が試されることはなかった。北胡の兵が乱入してきたそのとき――〝黒衣の男〟

が救いに入ってくれたからだ。彼は野獣が如き北胡の兵をあっという間に蹴散らす。

見事に短刀を操り、北胡兵の手足を切り裂き、戦闘力を奪っていく。致命傷を与えないのは慈悲であった。それに余裕でもあるようだ。このような、はぐれ北胡兵などいくらでも始末できる、と言い放った。

「はぐれ北胡兵とはどういう意味です？」

「まずは、助けに来てくれてありがとうございます、さすがは白蓮様、惚《ほ》れ直してしまいましたわ、が先ではないのか？」

「元々、惚れていませんが、たしかに礼を失しておりました。ありがとうございます」

「師匠と親をたばかって申し訳ありません、が抜けているな」

「そちらも詫びますので、早く事情を」

焦ることのない弟子を「詰まらない娘」と評すと、白蓮は説明する。

「北胡の軍勢は立ち去った。中原国の滅亡はもう少し先になりそうだ」

「なんですって⁉　いったい、なにが」

「風邪だよ、風邪」

「いや、風邪によって中原国の軍隊は瓦解したのではありませんか？」

「同時に北胡の軍隊も崩壊した。北胡の兵にも風邪が伝染し、やつらは撤退した」

「なんと、そんな偶然が」

「偶然でもないさ。必然でもないが」

白蓮がいた世界の歴史書にも多く記載されているらしい。

「以前説明したスペイン風邪。人類史上最悪の流行性感冒症。これらは徴兵可能年齢の男子を数多殺し、間接的に世界大戦終結を早めたと言われている。史上最大の天才であるアレクサンダー大王も疫病には勝てなかった。古代ギリシャのペロポネソス戦争でも疫病が終戦のきっかけとなった。あるいは時代を区切らずとも両陣営が相手の城の中に疫病で死んだ兵士の遺体を投げ込んだり、病原菌まみれの毛布を送ったり、疫病によって解決を図ろうとした例は無数にある。自然発生的にも人為的にも疫病は戦を終わらせる特効薬ってことだ」

「今回もその例のひとつに過ぎないと？」

「ああ、あえて特別視する事例ではない」

白蓮はにこりと微笑むと、それ以上、説明はせずに香蘭の腕を摑んだ。そのまま香蘭を貴妃のように抱きかかえる。〝実は〟腰を抜かしていた香蘭は白蓮のなすがままだった。そのまま寝所に連れて行かれるとそこで眠るように言われる。

「ここからはこの診療所の主の仕事だ。陽診療所にもおまえの父親が戻った。もう、ひとりで無茶をする必要はない」

そのように言い捨てると、白蓮は香蘭に茶を飲ませる。茶には睡眠薬が混ぜられている。興奮状態である香蘭が熟睡できるようにとの配慮であるが、戻るなり睡眠薬を盛る師匠がいるとは、と苦情を述べる。

白蓮は悪びれることなく笑った。

「王子様のキスのほうがよかったかな?」

〝きす〟とはなんのことであろうか。想像したが、魚類の一種が浮かんだところで意識を手放す。香蘭はその後、丸一日眠ることになった。

朝、起きると陸晋少年が笑顔とともに朝粥を用意してくれる。搾菜《ザーサイ》を細かく切ってごま油で和《あ》えた薬味を添えたものだ。空腹のあまりお代わりまですると、香蘭は自分が寝ていた間のことを尋ねた。陸晋は快く答えてくれる。

「香蘭さんの想像通りですよ。その後、白蓮先生が不眠不休で治療に当たりました。我が診療所の死者は零です」

「それは有り難いことだが、北胡はどうなったんだ? 本当に撤退したのか」

「ええ、それはもう」

陸晋は大きく頷く。

「白蓮先生がお伝えした通りです。北胡の脅威は去りました」

陸晋がそう言い切ると、徹夜明けの白蓮が食堂に入ってくる。彼は気付け代わりに度数の強い老酒を所望すると、それを流し込んだ。その後、この国の運命について語ってくれる。

「皮肉にも劉敦殿下が三防に反対してくれたお陰で北胡は立ち去ってくれた。彼は国家的英雄というべきだろうな」

「本当です。皮肉ですが、もしも中途半端に風邪に打ち勝っていたら、今頃、この南都は陥落していたかもしれません」

「そういうことだ。というわけで劉淵にこの風邪を劉敦風邪と名付けるように提案しておいた」

「それは悪くないかもしれません」

　と首肯するが、その先の詳細を聞くとそのような皮肉に満ちた言葉を言えなくなる。

風邪によって救われたこの国だが、結局、風邪による死者はおびただしいものとなった。南都の人口の数パーセントが死に至ったのだ。あるいはその数は戦争を行うよりも多かったかもしれない。

　ただ、ひとつだけ救いがあるとすれば、それは劉敦風邪の由来となった皇弟劉敦が死去したことだろうか。彼は最後までマスクを付けず、手洗いとうがいを拒否して死んだ。劉敦風邪の流行後期に風邪を患い、死んだのである。皮肉にも自分の名を付けられた風邪によって死んでしまったのだが、彼の葬儀を取り仕切ることになった東宮は叔父の弔辞を読み上げたあと、心の中でこう呟いた。

「因果応報」

八章　黒貴妃

「ねえ、香蘭、あなたは占いを信じる？」

そのように話し掛けてきたのは東宮府の女官仲間の李志温。

女性、特に宮廷に住まうものは占いや神秘的な事柄を好むが、李志温も例外ではないようだ。しかし、宮廷医の娘である香蘭は違った。

「志温殿、わたしは医者の娘です。医者も自然科学者の端くれですよ」

師の言葉を借りて興味がないことを伝えるが、彼女には馬耳東風のようで……。興奮気味に顔を近づけてくる。

「しぜんかがくしゃなんて知らないけど、近頃、宮廷を騒がしている宮廷占女がいることは知っているわ」

「宮廷占女？」

「占いを担当する女官のこと。正式名称は知らないけど、内侍省に所属する女官よ」

「説明ありがとうございます。宮廷も手広いですね。専門の庭師から占い師まで雇うなんて」

「占いは古代から重要なのよ。大昔は亀の甲羅を使って政を動かしていたのだから」

無能な政治家が決めるよりましかな。——師である白蓮ならばそのような皮肉を漏らしそうだが、香蘭は沈黙によって節度を守ると、李志温に女官の名を尋ねた。そのものに興味があったわけではない。尋ねるのが礼儀だと思ったからだ。彼女は香蘭の質問に嬉々《きき》として答える。

「よくぞ聞いてくれました。そんなに聞きたいのならば答えてあげる」

「どうも」

「その女官の名前は陰麗華《いんれいか》」

「陰麗華か」

珍しい名ではなかったが、心の奥底が少しざわつくのは気のせいだろうか。

「まあ、その名前で呼ばれることは少ないのだけど」

「二つ名や異名で呼ばれるのですか？」

「正解」

「志温殿が興奮するということは、ただの二つ名ではないのですよね」

「それも正解」

にこりと微笑むと、彼女はもったいぶらずに教えてくれる。

「宮廷一、ううん、中原国一の占い師、陰麗華、彼女にはそれに相応《ふさわ》しい異名があるの。

その名は〝黒貴妃〟」

「……黒貴妃。不穏な名前だ」

「字面にしたらね。でも、由緒ある異名なのだから」

「異名ということは、正式な役職名ではないということですよね」

「宮廷占女の正式名称はもっと長たらしいし、品位も低いわ。でも、稀《まれ》に天子様やその一族にまで影響力を持つ女官が現れるの」

「やんごとなき方は迷信深いから」

「そ、陰麗華は元々一〇品官程度だったのだけど、それじゃあ天子様にお目通り出来ないからと黒貴妃の称号と五品の位を賜ったのよ」

「すごいな。一気に殿上人だ」

「ちなみに中原国には黒貴妃と呼ばれた宮廷占女が何人もいたのよ。彼女は七代目くらいかしら」

「なるほどね。陰麗華という女性が黒貴妃なる歴史ある異名を得たから、志温殿は興奮気味なんですね」

「そういうこと。元々、占いは大好きだしね」

　繰り返すが、宮廷の女は占いが好きだ。女性は元々、神秘的なことが大好きな上、同性だけの閉鎖された職場にいるとそれに拍車をかける。先日も女官たちが花占いに興じているのを見かけた。桶《おけ》の中に水を張ってそこに花びらを落とすのだ。水の上でどのように舞うか、どのように落ちるかを観察し、それによって吉凶を占うものだが、占いの類いをあまり信じていない香蘭には優雅な遊びとしか思えなかった。

そのように呆れていたのだが、李志温は香蘭の心など知らないようで、占いましょう、と香蘭の官服の袖を引く。志温は占いの本を手に入れたようで、それで香蘭を占ってくれるのだという。

『火仙狐《かせんこ》式卜占入門』と書かれた本を嬉々として広げる李志温。忙しいとも興味がないともいえない雰囲気になってきた。仕方がないので占ってもらうことにする。香蘭は吐息とともに己の生誕日を口にし、李志温は粛々と本を参照する。

「ええと、ええと……うぅんと、うぅんと……」

何度か同じ言葉を繰り返すと、彼女は香蘭の運勢を占う。

「禍福は糾《あざな》える縄の如し。本日の運勢は最悪。上司に失礼を働き、立場を失うだろう」

李志温が占いを言い終えるよりも先に香蘭の顔が蒼くなる。なぜならば「上司」よりも上の存在に粗相を働いてしまったばかりなのだ。この国の東宮の膝の上にお茶をこぼしてしまったのである。幸いと冷めた茶であったし、そういうことを気にする人ではなかったので事なきを得たが、それでも直属の上司である岳配老人にはこってりと絞られた。

（当たっているな……）

心臓を鷲づかみされた心地であるが、即座に首を横に振る。

「いけない、いけない。わたし《わし》は医者、自然科学者の端くれなのだぞ」

それに〝あの〟白蓮の弟子なのだ。神秘主義に惑うなどあってはならないことであった。──そのように思ったが、医者であると同時に年頃の娘、先ほどぴたりと不手際を当てられたこともあってか、占いに興味が募っていた。それに気が付いた李志温は「うふふ」と笑うと、持っていた本を貸してくれる。

「しばらくこの本を貸してあげるから、周囲の人間を占ってみなさいな。もしもぴたりと当たるようならば医療に役立つかもしれないし」

そのような言い方をされてしまえば断る理由はない。香蘭は李志温に礼を言うと本来の職場である白蓮診療所に向かった。

道中、用意してもらった馬車の中で本を読みふける。『火仙狐式卜占入門』はなかなかに興味深く、面白かった。医学書しか読まない香蘭にとって未知の世界であり、興味深い世界がそこに広がっていた。

†

「白蓮殿、白蓮殿!!」

診療所に戻るなり、香蘭は『火仙狐式卜占入門』を広げながら師のもとへ向かった。

陸晋少年に茶を注いでもらっていた白蓮は面倒くさそうに答えた。

「おまえの声はきんきんと五月蠅い」

「地声ゆえ、申し訳ありません」

しかし、と続ける。

「もしかしてこの国の医療を変えるかもしれない書物に出会ったのです」

「ほう、どんな本だ」

「これです」

と『火仙狐式卜占入門』を見せるが、それを見た途端、白蓮は心底面倒くさそうな顔をした。次いで香蘭を馬鹿にするような視線を向ける。

「これは占いの本だぞ。これが医療の役に立つのか?」

「無論、神秘主義で人を治せないのは知っています。しかし、病や怪我に罹らないことは可能かもしれません。人々が占いを信じ、その通りに行動し、災いを避けるようにすればいいのです」

「……おまえはあほうだと思っていたが、それは間違っていた」

「恐縮です」

「褒めていない。おまえは超ドあほうだ」

「な、なぜに」

「医者のくせに占いなど、はまりおって。医術は自然科学《サイエンス》だと教えただろう」

「それはしかと。しかし、この本に書かれていることは不思議なほどに当たるのです」

例えばですが、と香蘭は本をめくる。

「四月下旬生まれの若き女人、猪突猛進《ちょとつもうしん》にして頑固一徹、正義をなによりも重んじ、調和を愛する、とあります」

「ほう、もしかしておまえのことか」

「はい」

「まあ、当たらずとも遠からずだな」

「そのものだと思います。試しに陸晋で占ったら、面倒見がいいが、器用貧乏とありました」

その言葉を聞いた陸晋は「僕のことだ」とくすりと笑う。白蓮は陸晋に「馬鹿が調子に乗るだろう」とたしなめる。その言葉を聞いた陸晋は笑いを飲み込む。しかし、完全に白蓮の味方にもなる気はないようで、香蘭に救いの手を差し伸べる。

「しかし、その『火仙狐式卜占入門』はよく当たると評判です。僕のような小僧の耳にも届いているくらいですから」

「なんだ、おまえも知っているのか、その本」

「はい。昨今、南都で大人気とか。本屋では入荷待ちと聞いています」

「写本屋はさぞ儲《もう》かっているのだろうな」

俺も本を書いてみるか、と己の顎に手を添える白蓮だったが、すぐに思考を放棄するとこう言った。

「占いなど話の種以外のなんでもない。女子供が遊びではまるのならばいいが、いい大人が、それも医者がそんなものを信じるようになってはお終《しま》いだ」

そのように切り捨てるが、香蘭はやはり占いがすべて嘘であるとは思えなかった。控えめに反論する。

「たしかに占いを医療に応用すると言ったのは間違っているかもしれませんが、そのような物の言い方はよくないかと」

「木乃伊取りが木乃伊になったか、先日までおまえも占いを小馬鹿にする側だったのに」

「これほど鮮烈に自分の性格を言い当てられたら信じたくもなります」

「なるほど、たしかにあの誕生日性格診断は合っているかもな。しかし、それこそが占い師の手口だぞ」

「と、おっしゃいますと？」

「占いというのは学問だ。体系的に決まっているのは分かるな」

「はい。生まれた日、姓名、あるいは手相や人相によって決まっているとか」

「その人相ってのがくせものだ。占い師は人の顔色を見て相手が望む答えを引き出しているんだよ」

「なんと」

「例えばだが、占い師の常套句《じょうとうく》に、『なにか悩み事がありますね』というものがある」

「たしかによく使われる言葉です」

「よくどころか十中八九、最初に投げかけられる言葉だな。しかし、どんな人間も悩みはある。さらにいえば占い師に頼ろうという人間に悩みがないなんて考えられない」

「言われてみれば」

「つまり占い師の前に現れる鴨《かも》は最初から相手の手のひらの上なんだよ。第一声で悩みを言い当てられた、と勘違いする」

「しかし、実際に言い当てられたものもいます。わたしの友人、李志温という女官は先日、南都の卜占屋に赴いたそうですが、悩んでいることをぴたりと当てられてびっくりしたそうです」

「ほう、そうか。じゃあ、俺がその娘の悩みを言い当てても驚いてくれるかな？」

香蘭が「え――」と漏らすのと同時に白蓮は口を開く。

「おまえの友人、李志温とかいう女官。そうだな、歳《とし》はおまえよりも上、官位は一四品くらいかな」

「……当たりです」

「性格は女官にありがちなおしゃべり。性格はミーハー、つまり新しもの好き」

「なぜそこまで？」

白蓮は含み笑いを漏らすだけで回答しない。

「その娘の悩み事は金――、ではなく、恋だな。おそらく、宮廷の若い官吏にでも一目《ひとめ》惚《ぼ》れしたのだろう」

香蘭は驚きの表情を隠せない。一から十までその通りだったからだ。白蓮殿はやはり神仙だったのか、心の中でそう叫んでしまうが、それもぴたりと言い当てられてしまう。あまりのことに香蘭は無言になってしまうが、しばし黙っていると白蓮は大声を上げて笑い出した。

「まったく、分かりやすい娘だな。おまえも」

「いや、最後のはともかく、それ以外の推察は神懸かりすぎています。わたし、志温殿のことを話したことがありましたっけ？」

「ないね。あったとしても覚えてられるか」

「じゃあ、なぜ、そこまでぴたりと言い当てるのです」

「簡単だ。これは心理学用語でバーナム効果という」

「心理学？　ばーなむ効果？」

「バーナム効果とは誰にでも当てはまりそうなことをさも神妙に言うことと、その効果を指す」

「白蓮殿の世界にはそのような用語があるのですね」

「そうだ。まあ、詐術の一種だな。流れるように言い当てたから仙術のように見えるが、俺は当たり前のことを当たり前に口にしただけに過ぎない」

「………………」

絶句する香蘭に対し、白蓮は順を追って説明する。

「まず俺は李志温がおまえより年上と当てたな」

「はい」

「よくよく考えろ。おまえより年下の女官が宮廷にいるか？」

「あ……」

「そうだ。おまえは最年少に近いだろう。ならば年上と言ったほうが確率は高い」

「たしかに」

「官位が下だと言い当てたのは、おまえが東宮の御殿医見習いだからな。それに李志温は街の卜占屋に気軽に向かえるような立場だ。高位の女官である可能性は低い」

「ごもっともです」

「性格を言い当てたのもからくりがある。おまえが東宮御所に参内するようになってすぐに出来た友ということは陰キャではない」

「いんきゃ？」

「根暗で交友関係が狭い、もしくは皆無の人物の略称だ。まあいい。陰キャが新入りにいきなり話し掛けて仲良くなることがないのは分かるな？　つまり必然的に陽キャでおしゃべりな女官が最初の友となるはず」

「………………」

その通りなのでぐうの音も出ない。

「街の卜占屋まで行くのならばミーハーだろうしな」

「流行り物に弱い娘です。見事な推察ですが、悩み事まで言い当てるのはすごすぎませんか？」

「あれにも仕掛けがある。そもそも若い女の悩みは大抵、恋か金だ。それに俺はおまえの表情を読んだ」

「表情……、あっ」

「気が付いたか」

その娘の悩み事は金──、ではなく、恋だな。その言葉を発したときの白蓮の表情、間を思い出す。

「ほぼふたつに特定されている悩み、それとわたしの顔色を見て恋と断言したのですね。宮廷の若い官吏に恋をしたというのも当てられる。そもそも志温殿の職場に男は官吏しかいない。これが占い師の手口なのか」

「そういうこと。占いに限らずどの職業にも応用できる技術だ。ただ占い師は多くの人と接する職業だからな、必然と上手くなる」

「医者にも応用できますね」

「そういうことだ。ま、だから占いをすべて否定する気はない。いい詐術の練習になるさ」

「詐術……それは少し言い過ぎなのでは」

「では手練手管と言い換えようか。同じようなものだが」

「…………」

それでも反論しようとする香蘭に白蓮は言う。

「おまえが熱心に読んでいた性格診断も同じだ。おまえの項目と、陸晋の項目、入れ替えても通用するぞ。猪突猛進にして頑固一徹、正義をなによりも重んじ、調和を愛する。陸晋も案外、頭に血が上ると周りが見えなくなるし、頑固一徹だ。正義を愛し、調和を重んじる、は論ずるまでもないだろう？」

側にいるとこちらまで朗らかになってしまう陸晋の笑顔。それを確認するため、陸晋を見つめるが、たしかに彼の笑顔には調和の成分が含まれていた。

「面倒見がいいが、器用貧乏、なんてわたしそのものとも解釈できますね」

「だろう。人間は単純に見えて複雑なんだ。どのような聖者にも悪の部分はあるし、その逆も然り。人間は多面的なのだから、どんなに適当に言ってもぴたりと符合したように見えるのさ」

例えばだな、と白蓮は置いてあった『火仙狐式卜占入門』を手に取ってぱらぱらとめくると、「ここの項目など分かりやすいな」と該当箇所を読み始める。

「一二月下旬生まれの二〇代の男、吝嗇にして守銭奴、仕事は出来るが人間らしい感情に乏しい」

「そのままじゃないですか！」

やはりこの占い本、当たるのか、と続けようとする香蘭だが、白蓮が機先を制する。

「たしかに当たっているな。意外と繊細とも書いてある。ただ、一番注目しなければいけないのは、俺が〝一二月生まれ〟でも〝二〇代〟でもないということだ」

「な――」

言葉を失う香蘭、やっと卜占に頼り切る愚かさに気が付いたようだ。以後、話の種にすることはあっても行動の指針にはしないことを誓約する。

「よろしい。神秘主義などに迎合した医者などまじない師と大差がないからな」

教師のような口調で言うと仕事に集中するように弟子に命じる。自分が見習い医であることを思い出した香蘭は入院患者がいる棟に向かった。陸晋も彼女を補佐すべく後ろについて行く。

室内が静かになると白蓮は再び『火仙狐式卜占入門』を手に取る。ぱらぱらとめくり、本の奥付に目を通すとそこに書かれた著者名を確認する。「火仙狐」の別名は「何仙姑《かせんこ》」、かつて白蓮がいた世界、地球と呼ばれる惑星にある中華と呼ばれる国の架空の仙女の名だ。七福神の大本となる八仙人のひとりのことであるが、その仙女の名をもじるということには意味があるのだろうか。

「いや、あるのだろうな」独り反語する。

この本の著者が白蓮と同じ世界の人間――という落ちではない。そのように単純ならばどんなにいいことか。

「〝あの女〟、占い師となって宮廷に出入りするようになったか」

元々、占い師を輩出する村出身と聞いたことがある。あの事件以後、後ろ盾を失ったか弱き女が生計を立てるにはそれしかなかったのだろう。

「――まあいい、それにしてもよりにもよってこの名前を使うなんてな」

あの雌狐め。どこか懐かしむような口調で彼女の名を口にすると、白蓮はしばし彼女が書いた書物を眺めた。

†

香蘭の中で巻き起こりかけていた占いの気運が去ると同時に、宮廷で奇妙な事件が起こり始める。宮廷や後宮に所属する高官や貴妃たちが次々と謎の死を遂げたのだ。それも皆、同じように苦しみながら死に絶えた。遺体の周辺にはどす黒い血が飛び散っていたという。――これだけならば病死を疑うことも出来たが、一連の怪死が奇妙とされるには理由があった。

黒い血を吐いて死んだものは皆、〝とある人物〟が死を予期していたのである。

不吉な予言を下したものの名は「陰麗華」と呼ばれる宮廷占女であった。

「黒貴妃!」

陰麗華の異名を口にした香蘭は戦慄を覚えた。先日のなんともいえない感覚が現実となって襲いかかってきたのだ。

因縁めいたものを感じた香蘭は、連続不審死について同僚である李志温に尋ねた。

「志温殿、今、この宮廷を騒がせている事件について、出来るだけ詳しく教えてもらえないでしょうか？」

その言葉を聞いた李志温は驚いた顔をするが、すぐに香蘭の手を引くと物陰に引き込む。

「なんで香蘭がそのことを知っているの？」

「宮廷中の噂になっているからです。宮廷雀《すずめ》たちが騒がしい」

「なるほど、人の口に戸は立てられない、ということね。あなたのような噂に無関心な娘にも伝わるなんてね」

「その様子だと真実のようですね」

「わたしの情報網によれば、今月に入って三人もの高官と貴妃が〝呪い〟によって殺されているの」

「呪いということになっているのか」

「ええ、そうよ。だって黒い血を吐いて死ぬなんて尋常じゃないわ」

血は酸化すればどす黒くなるもの、と医学的な知識を説明しても理解できないだろう。李志温は〝医学〟よりも〝卜占〟に心を囚《とら》われているのだから。香蘭はあえて指摘せず、言葉の続きを待った。

「一人目は民事省大蔵府の官僚が呪いの犠牲者となったみたい。働き盛りの三〇代の男がある日、職場で吐血し、倒れたの」

「健康状態に不安がなかった、という意味ですね」

「そういうこと。二人目は後宮の貴妃。といっても一度も天子様のお手がついたことがない貴妃だけど」

貴妃といっても千差万別。皇帝の寵愛《ちょうあい》を受け、一国の大臣よりも重きを置かれるものもいれば後宮の権威を保つための数合わせもいる。彼女は後者のようだ。

「三人目はこれまた大蔵府の官僚ね。こっちは四〇代のおじさま」

「バラバラなようでいて、そうではないのか……」

香蘭は肉付きの薄い顎に手を添えて考え始める。

「共通点は皆、黒貴妃が死を予見し、大量の血を吐いて死んだ。うちふたりは職場が同じということですね」

李志温は頷く。

「まずは被害者たちの共通点、そして死因から探るべきだろうか。それとも——」

言葉を続けなかったのは、一足飛びに〝容疑者〟から調べるべきか、と言いたかったからだ。今回の事件、犯人の推察は簡単だった。香蘭は死を予期した人物が犯人と疑っていた。

（占いによって死を予期するなんて、都合が良すぎる）

先日の香蘭ならばともかく、冷静な判断力を取り戻した今の香蘭ならば、李志温のように噂を額面通り受け取ることなどない。黒貴妃の占いは予言ではなく、〝殺害予告〟なのではないか、そのように思い始めていた。

（師である白蓮殿はどう思うだろうか……）

今回の事件、師に伝えるべきか迷っていた。師が忙しいということもあるが、呪いや占いに関する事件に首を突っ込んでくれるとは思えなかった。

（……少なくとも喜んで力を貸してくれることはないだろうな）

そのように纏めたが、師に報告しないわけにもいかない。香蘭がこの事件に関わると決めた以上、宮廷に参内する回数が増えるはず。その許可を貰わなければいけない。

香蘭は「ふう……」と重い腰を上げると、李志温に別れを告げた。

†

師に事情を伝えに行くため、香蘭が官服から着替えているとき、南都の一角で不穏な企《たくら》みが行われていた。

貴族や高官たちが屋敷《やしき》を構える一角、その中でも一際大きな立派な屋敷。その玄関には「候《こう》」の名が掲げられている。中原国の民事省大蔵府長史、候廊原《ろうげん》の屋敷であった。候家といえば南都でも有数の名門、太祖劉覇の時代から朝廷に尽力し、その功績によって貴族に任じられた一族、候廊原はその傍流にあたるが、それでもこの国では一目置かれる存在で、それを証明するかのように五品の位と大蔵府長史の職を得ていた。その地位と家系に相応しい屋敷に住んでいるわけであるが、そこに住まうものは建物ほど立派ではないことは明らかだろう。

昼間から酒を飲み、緩みきっている。顔がだらしなく伸びきっているのは生来のものかもしれないが、表情が緩いのは女色癖のせいだろう。終始、妾と思われる女性の胸元をまさぐっている。

これがこの国の五品官、大蔵府の責任者だと思うと頭痛を覚えるものもいるかもしれないが、この屋敷の家人や使用人たちはなれきっていた。特に気にすることなく、酒や肴を切らさぬように努めた。候廊原は終始上機嫌で酒杯を呷《あお》る。彼の気分が最高潮になったとき、彼は得々と今回の〝功績〟を語る。

「俺の不正を暴こうとした官吏とその秘密を知る貴妃の始末に成功した。いや、これ以上にめでたいことはない」

「さすがは廊原様」

追従するのはこの計画の発案者にして共謀者である。彼の家来であるが、幼き頃より悪知恵が働く少年として知られ、主家の御曹司である候廊原のために策謀を巡らしてきたのだ。

「おまえの勧めで大蔵府の公金を横領したが、まさか露見するとは。最初、おまえを手打ちにしようかと迷ったのだぞ」

家来はさすがに肝を冷やすが、すぐに表情を取り繕うと、

「結果、露見しなかったのですから、いいではありませんか」

と返答した。候廊原は「そうだな」と仰々しく頷く。たるんだ顎が二重になり、ある種の犬を想起させる。そう思った家来だが、笑うことなく、主の機嫌を取る。

「それにしても今、宮廷を賑《にぎ》わせる黒貴妃様の占いにかこつけて邪魔者を始末するなど、よくぞ思いつきましたな。候廊原様の知謀は計り知れませぬ」

「ふふふ、まあな。俺は天才だ」

――と言いたいところだが、と候廊原は続ける。

「占いにかこつけて邪魔者を始末する手法は、あの女から授かった知恵だ」

「なんと、黒貴妃様からのご提案で？」

「ああ、最初、宮廷で声を掛けられたときは驚いたがな」

候廊原が大蔵府で仕事をしていたとき、「――もし、もし」と呼び掛けてくる軽やか

な声に気が付く。天女のように涼やかな声であった。候廊原は振り返るとなお驚く。その声の持ち主が真っ黒な衣裳を身に纏っていたからだ。通常、宮廷に住まう女官が黒い服を着ることはない。皇帝が崩御し、喪に服すときしか黒を纏う習慣がないのだ。候廊原はぎょっとしてしまうが、すぐにそのものが誰であるか悟った。

「……黒貴妃か」

その言葉を聞いた黒ずくめの女性は、

「左様でございます」

妖艶に微笑んだ。

黒貴妃と呼ばれる宮廷占女の存在は知っていた。なんでも皇后の悩み事をぴたりと言い当てて以来、頻繁に皇后に相談を持ちかけられるようになったと聞く。皇帝陛下の覚えもめでたく、十数年ぶりに「黒貴妃」の称号を復活させ、彼女に与えたのだという。貴妃の名は付くが皇帝の寝所に赴くことはない名誉職、そのような特異な称号を持つ女性がなにゆえ自分に話し掛けてきたのだろうか。物事は色事だと思っている候廊原は「もしや俺に惚れでもしたかな」という思考に至ったが、それは黒貴妃の言葉によって遮られる。

「──残念ながら男女の気持ちは一切ありません。私はふくよかな男性が苦手ですので」

　候廊原の表情がこわばる。袖にされたことを怒っているのではない。心を読むような発言を警戒したのだ。候廊原はこの国の人間には珍しく、占いやまじないを信じてはいなかった。盆や暮れの祭事には参加するが、先祖のためというよりも親戚間の面目を保つためでしかない。候廊原は現実的で唯物的な思考の持ち主なのだ。ゆえに黒貴妃なる卜占女官のことを胡散臭《うさんくさ》く思っていたが、出逢いがこのような形になると話は変わってくる。

「──占い師というやつは相手の心が分かるのか？」

「まさか。私に分かるのはあなたが窮地にいるということだけ」

　その言葉にびくりとしてしまう候廊原。

「──なんのことやら」

　慌てて取り繕おうとするが、無駄だったようだ。黒貴妃は候廊原が最近、頭を悩ませている問題、公金横領の証拠を摑んでいる部下たちの名をひとりひとり挙げる。

　険しい顔になった候廊原は黒貴妃の細腕を摑み、人気のない場所に連れて行こうとしたが、彼女はそれを見越していたかのようにするりと抜け出すとこう言い放った。

「安心なさいな。私はあなたの味方。正義感あふれるあなたの部下とは違うわ」

　妖艶に笑む黒貴妃、彼女は人知を超えた美しさと怪しさを持っていた。

――その後、候廊原は黒貴妃と頻繁に会うようになった。自分の屋敷、宮廷、ときには南都の妓楼で。人目を忍んでの密会であるが色めいた話はなく、物騒な話に終始した。

ただ、肝心の「暗殺」の話になると黒貴妃は曖昧に微笑み、

「私は死を占うだけ。それが当たるか当たらないかはあなた次第」

という態度を崩すことはなかった。候廊原が死を願う人物の死は予期する。それが成就するかは候廊原次第というわけだ。まったく、都合がいい女だ。候廊原は、万が一、ことが露見した場合に罪から逃れるためか、と詰め寄ったが、彼女はまさか、と首を振る。

「もしもあなたが捕まれば、私も一蓮托生よ」

と微笑む。

「まあいいさ。ばれるようなへまはしない。しかし、聞いておきたいことがある」

「なんなりと。自分がどのような最期を迎えるか知りたい？」

「俺は占いを信じない」

「ふふふ、気にしないわ。そういう殿方は多いから」

「だが、なぜおまえが俺に協力するのかは気になる」

「殿方は物事すべてに道理を求める。あなたが気に入ったから、という理由じゃ駄目？」

妖艶な目つきで候廊原を見上げる黒貴妃。

「前に俺のような男は趣味ではないと言ったじゃないか」

「あら、そうだった。そうね、じゃあ、本当のことを」

そのように前置きすると、黒貴妃は候廊原に肩入れする理由を語る。

「私は皇后様の覚えがめでたく、黒貴妃になったのだけど、身分卑しい生まれなの」

「それは聞いている」

「それで宮廷中から妬まれてしまって」

「だろうな」

「だから私の予言がよく当たると思わせたいの。特に死を占う名手だと分かったら、誰も私の陰口を叩こうだなんて思わないでしょ？」

「なるほど、そうか」

「そういうこと。これは持ちつ持たれつなのよ」

「おまえは予言を当てたい。俺は邪魔者を消したい」

「そういうこと」

ふふふ、と笑う彼女の笑顔はどこまでも艶やかで嫋《たお》やかであった。候廊原はごくりと生唾を飲んでしまう。このような美姫を抱けるのであれば金子一〇〇枚を支払ってもいいと思えるほどに。しかし、それも彼女に見透かされていた。

「勘違いしないで。占いによってあなたに協力はするけど、それは互いに利益が一致しているからに過ぎないの。あなたの味方になったわけでも、あなたの女になったわけでもないわ」

「…………」

承知するしかない。候廊原は今、窮地に立たされていた。面倒ごとは控えるべきだろう。

「不埒《ふらち》なことを考えるだけで天罰が下るかもね」

黒貴妃は意味ありげにそう言うと去って行った。後日、黒貴妃は約束通り公金横領の秘密を知る官僚に不吉な予言をもたらすと、候廊原の屋敷に「青酸カリ」を届けさせた。青酸カリとはなんであるか説明するまでもないだろう。毒物の王者であり、暗殺の女王ともいえる薬物である。

死の予言を受けた若手官僚は最初、それを一蹴した。公金を預かり算術に長けた彼は現実主義者で、占いを女子供のものと馬鹿にしていたのだ。しかし、その三日後、食事を摂ると彼は死んだ。食事に青酸カリを混ぜ込まれたのだ。――誰が仕込んだかは、言うまでもないだろうが。

黒貴妃との出逢いを聞いた家来は「そのようないきさつが」と唸った。

「怪しげな上に胡散臭いおなごだが、俺にとっては天女だな。――黒い天女だが」

候廊原はそのように纏めると、次の標的に話を移す。黒貴妃の卜占はまだ下されていないが、準備をしておくに越したことはない。青酸カリなる毒物は変わった風味をしており、違和感なく飲ませるのは大変なのだ。最初の官吏は味覚障害を持っていたから容易に経口摂取させられたが、他の標的は酒を飲ませて泥酔させたり、食事を工夫させたり、一手間も二手間も掛けた。それに今は皆、黒貴妃の不吉な占いを恐れている。まだ毒殺と関連付けるものは出ていなかったが、もしも気が付くものが出始めれば、毒殺は困難となるだろう。そう思った候廊原は家来に準備を急がせた。家来も無能ではなかったので「ははっ」と部屋を出た。

悪意に満ちた謀議を行うと、候廊原は妾に寝所に向かうように命じる。人を殺す算段をするとどうも欲望がたぎる。喪服を着せるという悪趣味ぶりに妾も呆れ果てたが、張り切った候廊原は最中、腰を痛める。その後、宮廷医や範方薬師を呼び出すなど候廊原の屋敷は上を下への大騒ぎとなるが、その様子を人づてに伝え聞いた黒貴妃はこのように言い放ったという。

「ほうら、天罰覿面《てんばつてきめん》ね」

†

白蓮に一連の黒貴妃事件の詳細を香蘭が伝えると、師は珍しく沈黙して深く考えたのち、「好きに調査しろ」と言った。

「…………」

香蘭が驚き、沈黙してしまったのは、師からこのような言葉を貰えるとは思っていなかったからだ。てっきり叱られるか小言を貰うと思っていたのだが。

香蘭は陸晋少年に尋ねる。

「体調でも悪いのだろうか」

「今朝は朝食を残しませんでしたが」

ふたりで首をひねるが、詮索したところで埒が明かない。香蘭が今知りたいのは師の心内ではなく、事件の真相なのだ。だから香蘭は遠慮することなく師に所見を尋ねた。

「白蓮殿、一連の不審死をどう思われますか？」

「逆に尋ねるが、おまえはどう思っている？」

「わたしですか？」

わたしは――、と続ける。

「神秘的な事柄や超常的な事柄と結びつける気はありません。他殺の可能性が高いと思っています。無論、人間による犯行かと」

ほう、と己の顎を撫でながら首肯する白蓮。

「なかなかの見識だが、なぜ、他殺だと思う？」

「三人が三人とも同じように吐血して死んでいます。おそらくは毒物を用いている」

「そうだな、宮廷と毒は切っても切れぬ関係だ」

「はい。今回もその例に漏れぬのかと」

「毒殺であることは間違いないだろうが、問題なのは〝誰〟が〝なんのために〟毒を用いたかだな。それが分からねば犯人は特定できない」

「黒貴妃は手先に過ぎないと？」

「それは分からないが、単独犯ではないだろうな」

「ですね。このような大がかりなことをするには宮廷にも共犯者、もしくは首謀者がいると見たほうがいいですね」

一呼吸置くと香蘭はこう付け加える。

「さらにいえば犯人を捕まえなければ毒死する人がなお増えるかもしれない」

「道理だな。犯人もせっかく三人も殺したのだ、本懐を遂げたいだろうしな」

「白蓮殿はこの殺人事件、まだまだ続くと思っているのですか？」

「さて、今把握している情報だけでは断言できないな」

「やはりそうですか……」

香蘭は残念そうにうつむき、宮廷に戻ろうとしたが、白蓮は「あほうが」と引き留める。

「しかし、宮廷に戻って情報を集めねば」

「それは岳配殿に任せておけ。あの老人が無為無策に昼寝を決め込んでいるとは思えない」

「たしかに」

「それに我々が動き回らなくても、近いうちに毒殺犯から動いてくれるさ」

「どういう意味ですか？」

「これまでに殺された三人は皆、黒貴妃の不吉な占いのあとに死んだのだろう？」

「はい。皆、黒き血を吐き、悶え苦しみながら死ぬ、と予言されました。ご丁寧に死亡日時まで占ってみせたとか」

「ならば四人目の被害者が生まれる前に黒貴妃とやらがまた犯行予告してくれるさ」

「なるほど。たしかにそうです」

殺された三人は皆、不吉な予言のあとに死んだのだ。白蓮の指摘は的を射ていた。

「……となれば無理に動く必要はないか」

香蘭は白蓮診療所の患者の治療に専念することにした。なにかにつけて騒動に首を突っ込む香蘭、その間、診療所の入院患者への対応がおざなりになってしまうことがある。この〝事件〟がまだ続くのならば、今後、入院患者の面倒を見ることが難しくなるかもしれない。ならば時間があるうちは出来るだけ注力しておきたい。そう思った香蘭は入院棟に向かった。――その後、香蘭は医療に忙殺されるが、その判断は正しかった。白蓮の言ったとおり、第四の被害者候補が現れたのだ。

翌日、宮廷に参内すると女官たちがひそひそと噂話をしていることに気が付く。野暮ったい香蘭のことを馬鹿にしているわけではないようだ。彼女たちは黒貴妃が新たな〝予言〟を下したとざわめいていた。

「新たな予言……」

心の中で新たな被害者と付け加える。香蘭は情報を得るため、東宮府の長史である岳配のところへ向かった。岳配老人は香蘭がやってくると「耳が早いな」と笑った。

「下は門番から、上は貴妃様まで、その噂で持ちきりなようです」

「そのようだな。不謹慎な輩は賭け事の対象にしようとしているらしいぞ」

「ならばわたしはその占いが成立しないほうに賭けます」

「ほう、根拠は？」

「白蓮殿が意外と前向きにこの事件に介入してくれているからです」

「なるほど、それは頼もしいな」

好好爺《こうこうや》のように髭を撫で回すと、岳配は被害者候補の名前を明かした。

「今朝方、黒貴妃によって死を予期されたのはこの国の高官だ。民事省尚書令を務める男」

「かなりの高官ですね」

岳配は五品官なのでふたつも位が上の人物となる。三品官よりも偉いのは三公と呼ばれる大司空、大司徒、大司馬、それに丞相《じょうしょう》と相国くらいか。

「そうだな。いよいよ黒貴妃の不吉な予言もこの国の中枢に迫ってきたな」

岳配はそのように言い放つと深々と頭を下げた。香蘭に敬意を表しているわけではないようだ。東宮府の長である彼が頭を下げる人物は限られた。香蘭はゆっくりと振り返ると岳配に続き、頭を下げる。

「東宮様、ご機嫌麗しゅうございます」

そのように挨拶すると東宮は、

「ふん、麗しいものか。まったく、面倒なことばかり起こる」

と鼻息を荒くした。続く言葉も荒くなる。

「宮廷雀どもを相手に易経ごっこをしているうちは可愛げがあったのだが、ことがここまでいたら私が出張らなければならないではないか」

「このまま放置していれば、必ず国の災いとなりましょう」

岳配も同意する。一国の皇太子の賛同が得られるならば話は早かった。香蘭は関係者と面会する権限を得る。

「東宮勅令調査官だな」

東宮は冗談めかすが、その表情ほど余裕は感じられない。岳配が国の災いといったが、まさしくその通りで神秘主義や超常的な力が国家権力に介入するようになればその国は滅亡の過程にあるといってもいいだろう。白蓮の住んでいた国は鉄の馬や鉛の矢が飛び交うような軍事力を持っていたそうだが、太平洋戦争と呼ばれた戦争の末期、相手国の首領を「呪い」で殺そうとしたそうな。劣勢を覆すため、呪術に頼ったのだ。「ルーズベルト大統領調伏事件」と呼ばれている。

またロシア帝国という大帝国を築き上げたロマノフ家も末期はオカルトに傾倒した。怪僧ラスプーチンという怪しげな僧が皇室に入り込み、皇族を籠絡したのだ。結果、国は乱れ、ロマノフ家は全員、惨殺された。他にも占い師やまじない師に頼って国家や家が没落した例は枚挙にいとまがない。

この中原国も同じ運命を辿るか——は分からない。この国の東宮は聡明《そうめい》だった。そのような暴挙は許さないだろう。母皇后の占い遊び程度に留《とど》めてくれるに違いなかった。

(──それでもわたしの責任は重大だけれど)

黒貴妃がこれ以上のさばらないように、犠牲者をこれ以上出さないようにするのが香蘭の務めであった。それがこの国の安寧に繋がるのだ。そう思った香蘭は東宮に礼を言うと殺害を予告された民事省尚書令に面会を求めた。


民事省尚書令を務める高官の名は唐胤《とういん》。三品官である。三品官は定員が三〇名以下に定められており、何千万といる中原国の臣民の中でも上位の中の上位の存在であった。地方の庄屋《しょうや》相当の官位しか持たない香蘭とは別次元の存在であったが、臆することはなかった。

元々、官位など気にしない性分なのだが、普段から未来の皇帝である東宮と接しているせいかもしれない。偉い人に免疫が出来ており、金縁の華麗な衣裳を纏った大臣が現れても飲まれることなく話し掛けることが出来た。香蘭は片膝を突き、拱手をする。唐胤は横柄にではなく、丁寧に返礼をしてくれた。どうやら高位にふんぞり返って威張り散らす人物ではないようだ。ただ大人物でもないようで酷く狼狽《ろうばい》していた。

「貴殿がかの有名な白蓮の弟子か。頼む、どうか彼に取り次いでくれ。金ならばいくらでも払うから、私の命を繋いでくれ」

かの神医ならば呪殺からも自分を守ってくれるに違いないという意味なのだろう。宮廷の鼻つまみものだったという白蓮に頼るということは相当、切羽詰まっていると見てよかった。

　また彼は終始、若輩である香蘭に敬意を表し、丁重に扱ってくれた。両手を握り、信頼を示してくれる。このようにへりくだられては無下にも出来ない。香蘭は唐胤の手を強く握り返し、約束した。

「どのようなことがあっても唐胤様のお命を守ってみせます」

唐胤は感涙に噎《むせ》び、この恩は末代まで伝えると言った。大げさだと思うが、彼の家が後世まで栄えるには件《くだん》の〝呪い〟をなんとかせねばならない。香蘭は単刀直入に呪いなどこの世に存在しないこと、黒貴妃が事件の容疑者であることを伝えた。

　唐胤はまさか、と驚く。どうやら彼は神秘的なことを信じたがる性分のようだ。しかし、今回の事件、黒貴妃が裏で仕組んでいると考えたほうが、合理的に説明できる。香蘭は、占いは「バーナム効果」、呪いは「思い込み」であると、以前、白蓮に言われた通りの手順で話す。すると唐胤は理解を示してくれた。さすがは一国の大臣、無能とはほど遠い知性を持っている。しかし、理解はしてくれたが、恐怖を払拭できたわけではないようだ。

「そもそもなぜ、私が毒殺されなければならぬのだ。私は黒貴妃となんの縁もないのだぞ。顔も見たことがないのに」

「岳配殿の調査によれば殺された官僚は皆、正義感に篤《あつ》かったとか」

「その話は聞いている。曲がったことが嫌いな若手官吏と、正義の執行に拘《こだわ》る官吏だったとな」

「ということはもしかしたら、そのふたりがなにかしらの不正を知ってしまった、というのが殺意の動機かもしれませぬ。——まあ、これは師の推察ですが」

「なにかしらの不正か……、あり得るな」

唐胤は納得の表情を浮かべる。唐胤の所轄する民事省は国の内政を預かる機関。殺された官僚ふたりはその中でも金銭を扱う府に所属していた。金がからむ場所では不正が起きやすいのが世の常、唐胤もそれは熟知しているらしく、むしろ安心したようだ。

「そのように説明されると分かりやすくなるな。最初、黒貴妃という輩の目的が分からずに困惑したが、その話を聞いて急に現実じみてきた。死んだ官僚たちは大蔵府の官僚、私に不正を報告しようとしていたのかもしれない」

「不正が露見するのを恐れたものが、黒貴妃に依頼をして暗殺という手段に打って出た」

「その人物はもしかして私が不正の証拠を摑んでいる、と思い込んでいるのやもしれない」

「そう考えれば辻褄《つじつま》は合いますね」

まだ推察の域を出ていないが、真実の一端は突いているだろう。こうなれば俄然《がぜん》、話は早くなってくる。暗殺者の一派と思われる黒貴妃を問い詰めればいいのだ。

「唐胤様、黒貴妃を問いただすため、彼女を繋縛《けばく》して頂けますか？」

単刀直入に願い出るが、唐胤は渋面を作る。

「……いや、それは無理だ。黒貴妃は皇后様はおろか、皇帝陛下にも影響力を持っている。もしも証拠を摑めねば私は解任される」

「黒貴妃はそこまで皇室に根を張っているのですね」

「今は皇室だけで済んでいるが、このままいけば宮廷、その先は国に舞台を移すだろう。もしもそうなればこの国はお終いだ」

女が政治に口を挟んで良い結果が生まれたことはない、と唐胤は嘆くが、それは偏見に満ちた物の見方だった。香蘭の師、白蓮ならば絶対にそのようなことを口にはしない。数ヶ国語を操り、権謀術数を駆使してプトレマイオス王朝を守ったクレオパトラ、イングランドとアイルランドの女王にして大英帝国の基礎を作った処女王《ヴァージン・クイーン》エリザベス一世、他にも優秀な女性指導者は無数にいる、と主張するだろう。この中原国にも芙蓉君《ふようくん》と呼ばれる公主がおり、中原国の法により皇帝になることは出来なかったが、甥である幼帝を補佐し、万事滞りなく国を運営し、中原国に繁栄をもたらしていた。

無論、悪い結果をもたらした例も存在する。例えば清《しん》と呼ばれる大帝国を滅ぼした西《せい》太后《たいこう》。彼女は宮廷を私物化し、皇帝の首を饅頭《まんじゅう》でもすげ替えるかのように変えたという。権力を贅沢と奢侈《しゃし》のためだけに使ったのだ。結果、世界の富の半分が存在するといわれた大帝国崩壊を招いた。その遺言は「二度と女を政治にかかわらせるな」というものだったらしいから、本人の資質もだが、彼女の暴挙を許した周囲の男も悪かったのだろう、というのが白蓮の言葉だった。香蘭も同じように思うし、男の暗君暴君のほうが遙かに多いという統計的なデータは無視したくなかった。

――とこのように思っていたのだが、この国の高官に右記を説明し、諭しても無駄だろう。偏見は長い時間を掛け、行動と信念を持って変えていかなければならない。それに今、問題にしなければいけないのは「女性君主」や「うーまんりぶ」（実は香蘭もよく分かっていない）ではなく、〝呪い〟であった。黒貴妃が芙蓉君になるか、西太后になるか、未知数であるが、暗殺を政治の道具にするような輩が良い指導者になるとは思えない。

ゆえに香蘭はそれを阻止する。彼女を捕縛し、罪を償わせたかった。しかし、それがなかなか難しいことは唐胤の言葉からも明らかだ。彼女は皇室のお気に入りなのだ。明確な証拠もなく捕まえることは出来ない。

――ならば、

「明確な証拠があればいいのだな」

独り呟くと黒貴妃の悪事の証拠を掴むべく、策を巡らせた。

明確な証拠、毒薬と証言でも取ることが出来たら重畳であるが、願望と現実を一緒くたにすることは出来ない。ただそれでも香蘭は最短手にして最善手を尽くす。後宮に住まう黒貴妃のもとへ向かうことにしたのだ。その話を聞いた李志温は口をあんぐりと開け、

「香蘭は馬鹿だ馬鹿だと思っていたけど、間違っていたわ」

と言い放つと、このように続けた。

「あなたは大馬鹿ものだわ。あの黒貴妃に直談判《じかだんぱん》しに行くなんて」

「変でしょうか？」

「だって黒貴妃は不思議な卜占を操るのよ。黒仙術も使いこなすとか。あなたまで呪い殺されてしまうわ」

「心配してくれて有り難いですが、わたしは呪いなど信じておりません」

「百歩譲って呪いはないにしても、黒貴妃は皇后様のお気に入りなのよ。粗相を働いたらあなた程度の官位の娘なんて――」

「――消し飛ばされますか」

「有り体に言えば」

「もちろん、その可能性は考えましたが、だからといって座していればこの国の高官、いえ、ひとりの生命が失われます。医者の端くれであるわたしはそれを看過できません」

香蘭は闘志を燃やしながら宣言する。

李志温は大きな溜め息を漏らしながら、

「……そうよね。あなたはそういう娘だった」

そう纏めると、景気づけのためだろうか、香蘭の背中をはたき、「いってらっしゃいな」と言ってくれた。香蘭は李志温の気持ちに感謝しながら、後宮へと向かった。

黒貴妃は貴妃の称号を持つが、皇帝の愛妾ではない。むしろ国法によって宮廷占女が皇帝の寝所に上がることを固く戒めていた。また皇帝もそこまで盛んなほうではないし、美女ならばいくらでも見繕えるので、黒貴妃に執着することはなかった。妻である皇后の機嫌を取るため「黒貴妃」の称号を与えた、というのが実情のようだ。

ただ、皇帝が称号を与えること自体、宮廷では重大な意味を持つ。十数年ぶりに復活した黒貴妃の称号でもあるし、皇帝の近臣たちは政治的な配慮を欠かさなかった。その配慮のひとつに黒貴妃に広大な館を与えるというものがある。後宮にはいくつもの建物が並ぶが、黒貴妃はその中でも一際立派なものを賜った。

——賜ったのだが、実は黒貴妃はそれを返上してしまう。皇帝陛下にはこのように上奏したという。

「臣《しん》は畏れ多くも皇帝陛下から過分な官位を頂いておりますが、生まれ卑しいもの。華麗な館を頂いても戸惑い、持て余してしまうでしょう。後宮の端に小さな館を頂ければ満足でございます」

その謙虚な言葉を聞いた皇后は感動したそうだが、皇帝は特に感慨も持たずに黒貴妃の願いを聞き入れたという。

そのようなわけで黒貴妃の館は後宮の一番端、一際寂しく、辺鄙《へんぴ》なところにあった。言い換えれば閑静な一角に趣ある館を構えていた。

（わたしにはこれくらいで十分だな。もしも館を貰える立場になったら、このような建物を所望しよう）

そのような感想を抱きながら黒貴妃の館に入った。

中に入ってみると、その館は想像したよりも遥かに瀟洒《しょうしゃ》であった。品のいい調度品が館の主の性格を如実に反映している。

香蘭は気を引き締めて使用人に取り次ぎを頼んだ。すると使用人はあっさりと部屋に通してくれる。

「どうぞ、お入りください。今、黒貴妃様を呼んで参ります」

毒蛇でもけしかけられて追い返されることも想定していただけに驚くが、主を待つ間、茶を出されたときはさすがに警戒した。

綺麗な緑色の茶を眺める。ふたつの茶碗が卓に置かれているが、どちらかが香蘭の分だろう。

「暗殺に用いられる毒物の多くは無色なんだよな……」

毒物入りならば味が変わっているはずだから、即座に吐き出せば大丈夫だろうか。そのように逡巡していると、ころころと鈴の音のような笑い声が聞こえた。黒き衣を纏った美姫が現れたのだ。彼女はこの国の故事を口にしながら近づいてくる。

「かつてこの国に周陣《しゅうじん》という貴族がいた。彼は猜疑心《さいぎしん》が強く、少しでも不審な点があれば部下を毒殺することで有名だった」

「中原国建国の折、太祖が倒した地方貴族のひとりですね」

黒貴妃はこくりと頷く。

「そんな性格だから、太祖が攻めてくるとあっさり負けてしまうのだけど、降伏後、彼は太祖にお酒を勧められるの」

「そのような性格ならば――」

「そう。自分も毒殺されると思ったのね。だから彼は泣いて命乞いをした。――劉覇様、どうかお命ばかりはお助けください、と」

「太祖劉覇は徳に溢れているお方、当然、命を繋いだのですよね？」

「もちろん、太祖は震える周陣から酒杯を取り上げると、それを目の前で飲み干したの。自分は人を篤く信頼している。なぜ、汝《なんじ》だけ信じぬ道理があろう、という言葉とともに」

「さすがは太祖様です」

「そうね。ひとつの国を作り上げる作業は、彼のような大人物でなければ達成できないでしょうね。彼の武徳と偉業は後世まで賞賛されてもいいわ」

しかし、と彼女は続ける。

「彼の子孫とその取り巻きたちは違う。やつらは偉大な太祖の遺徳に巣くう寄生虫のようなもの」

「………………」

あまりにも過激な言葉に香蘭は言葉を失う。もしもこのような発言が皇帝や重臣の耳に入れば大事である。よくて追放、あるいは斬首という可能性もある。香蘭は驚きを隠せない。

（……朝廷の高官と結びついて悪事を働く悪婦だと思っていたが）

今し方の言葉と表情を読み取る限り、朝廷や権力を憎んでいるようにも見えた。香蘭が困惑していると彼女は「ふふふ」と笑う。

「冗談よ、冗談。女に政治は分からないわ。殿方がどのように政を行おうとも気にしないの」

軽やかな表情で断言する。ある意味、それが不気味であったが、沈黙してばかりもいられない。毒殺事件のことを問いたださなければならない。香蘭は意を決すると単刀直入に尋ねる。

「——この茶には毒が入っていないことは承知しました。しかし、先日亡くなった官僚ふたり、それと貴妃の茶には毒が入っていたのではありませんか？」

「あら、なんのことかしら」

「あなたが死を予言した人物です」

「私は死期を占っただけよ」

「あなたが毒を盛った、と言い換えてもいいですか？」

「言い換えるのは自由だけど、それが真実だと思われても困るわ」

「しかし、都合が良すぎる。彼らは回避する機会もあったのにそれらを棒に振った」

「あら、そうかしら、あなたお医者様でしょう？」

「そうですが」

「ならば何千人もの患者を診てきたでしょう。だとすれば〝この患者は長くない〟、そう思ったことはない？」

「…………」

沈黙してしまう。何百、何千もの患者を診ていると、見た瞬間、死を想起することもある。一見、健康的な人間に見えるが、実は病魔に蝕《むしば》まれており、翌日、亡くなることも多い。なんともいえない感覚でそれが分かってしまうこともあるのだ。

「ふふ、その様子じゃあるようね。ならば分かってくれると思うけど、私も分かっちゃうのよね。俗にいう死相が見えるの」

「死相……」

「そう。うっすらと、本当にうっすらと線が見えるの。地獄の獄卒が持っている大きな鎌で切られたあとのようなものが見えるのよね」

「……非科学的だ」

「そうね。それは認めるわ。でも、見えてしまうのよね。死の線が。その線は段々と大きくなっていき、やがてそのものの皮膚を切り裂いてぱっくりと血肉を見せるの。そこに小さな種子があるのだけど、それは血肉を栄養にして育つ。根を張り、茎を伸ばし、葉を付け、やがてつぼみを付ける――」

そして最後に花を咲かせる。黒貴妃は妖艶に言う。香蘭はごくりと唾を飲み込む。

「なんともいえない。言葉には出来ないような美しい花が咲き乱れたとき、そのものは死ぬの。そうね、私は死を予期するというより、花が開く時期を言い当てると言ったほうが正しいかしら」

「……分かりませぬ。あなたがなにを言っているのか」

「当然よ。この〝光景〟は私にしか見えないのだから」

「あくまであなたは毒を盛っていない、と言うのですね」

「ええ、もちろんよ。それは天地神明に懸けて誓うわ。〝私は〟毒を盛っていない」

やや大仰に言い放つ黒い貴妃。香蘭は心の中で「私は、か……」と呟く。やはり彼女は不吉な予言を用意しただけで、実行犯あるいは黒幕は別にいるということか。そのような結論に達した香蘭は出された茶を飲み干すと言った。

「あなたは皇后様のお気に入りだ。それに頭がいい」

「ありがとう」

「正直、わたしはあなたが恐ろしい。あなたの才知とあなたの後ろに控える人々が」

「とてもそうには見えないわ」

「ならば成功です。常に気を張り、あなたに飲まれないようにしているから」

「警戒されたものね」

「ええ、もしもあなたが占いやまじないを口にし、煙《けむ》に巻《ま》いてくる輩ならば怖くはなかった。理性と知性を持って戦えば済む。しかし、あなたは常に理知的で最後まで尻尾を見せない。——強敵です」

「ありがとう」

「ですが、絶対、あなたの思うようにはさせません」

「唐胤様を是が非でも守るのね」

「そうです」

「どのように守るの？」

「わたしと師である白蓮が二四時間体制で護衛します」

「中原国で一番の医者と一番の見習い医が共闘するわけか。それは難敵ね。もしも毒殺犯がこの場にいればこう言うかも――お手上げって」

少しも困った様子を見せない黒貴妃。香蘭と白蓮の目を逃れる自信があるのだろうか。それは分からないが、これ以上、話をしても無駄だろう。説得をしても彼女は暗殺をやめないだろうし、罪を告白することもない。今の香蘭に出来るのは四番目の被害者を出さないことだった。香蘭は茶の礼を告げると彼女に背を向けた。香蘭がいなくなると側に控えていた使用人が尋ねてきた。

「運の強い娘でございますね」

「そうね。さすがは〝あの人〟の弟子ね」

でも、と黒貴妃は続ける。

「運が強いのではないわ。単純に生命力が強いだけ。あの娘はここで死ぬ運命じゃなかったみたい」

そのように言い放つと黒貴妃は香蘭が飲んだ茶の向かいにあるもうひとつの茶碗に手を添え、それをそのまま窓辺にある金魚鉢に注いだ。液体はあっという間に金魚鉢に広がり、泳いでいた金魚たちは四散するが、狭い鉢で逃げ場はすぐになくなる。くるくると回っていた金魚たちはやがて腹を見せ、水面に浮かぶ。黒貴妃はその光景を感慨なく眺めると最後に呟いた。

「あの娘はどんな花を咲かせて死ぬのかしら。さぞ美しい花なのでしょうねえ」

†

唐胤の屋敷に戻るとそこにはすでに白蓮がいた。彼は偉そうにふんぞり返って唐胤の使用人たちにご馳走を運ばせ、庶民には縁がないような高級酒を飲みながら金華豚の塩漬けを口に運んでいる。いいご身分であるが、ここにいてくれるだけで有り難いのでなにも言わない。もしもなにかあったとき、師の医学の知識と武力はとても頼りになるのだ。また、この屋敷の主も気前がいいので、いくらでも料理と酒を振る舞ってくれた。

「さすが民から金を巻き上げて肥え太っているお貴族様だ」

白蓮は貴人に対する偏見を隠さないが、唐胤は気を悪くすることなく、白蓮と同じ食卓に着こうとする。客人をもてなそうとする寛大な対応であったが、こともあろうか白蓮はそれに難癖を付ける。鱶鰭《フカヒレ》の汁物に匙《さじ》を伸ばす唐胤の右手をはたいたのだ。唐胤が持っていた匙が床に落ちる。その光景を見ていた香蘭は師の無礼をとがめる。

「白蓮殿、なんということをするのですか！　この方はこの国の大臣ですよ」

「大臣だからだよ。俺は忙しい合間を縫って命を助けに来てやっているのだぞ」

「だからといってこのような無礼、看過できない」

師と弟子はやり合うが、仲裁をしてくれたのは唐胤だった。

「香蘭よ、この男は神と呼ばれる腕前を誇る医者だ。意味もなくこのようなことをする男ではあるまい」

香蘭が先に激発したためか、唐胤は冷静だった。香蘭も彼の言葉で師が無意味なことはしない性格であることを思い出す。

「そうでした。今の行為、なにか意味があるのですよね」

香蘭は期待を込めて言うが、当の本人は「まあな」と熱のない返事をする。

「俺と香蘭が付きっきりで護衛をする。しかし、相手がどんな毒を使うか分からない以上、解毒薬は即座に用意できない」

「あらゆる種類の解毒薬を用意することは難しいですものね」

「ああ、即効性、遅効性、生物由来、鉱物由来、神経毒、その性質が不明である以上は毒を飲んだあとのことよりも毒を飲ませないことに注力すべきだ」

「しかし、唐胤様の死が予言されているのは二週間後ですよ。その間、なにも食べさせないつもりですか？」

「そのつもりだが？」

さも当たり前のように言い放つ白蓮。それを聞いた香蘭と唐胤はぎょっとした顔をする。

「私は二週間も食事が摂れないのか……」

声が小さくなる唐胤。

「遅効性の毒を盛られる可能性があるしな」

唐胤の代わりに香蘭が意見を述べる。

「しかし、唐胤様には持病があります。二週間も食事を摂らねば痩せ細って死んでしまうかも。あるいは黒貴妃はそれが狙いかもしれません」

「なるほど、あの雌狐ならばそれくらい洒落臭《しゃらくさ》いことを考えるかもしれないが、その心配はない」

「なぜです」

「理由は単純だ。栄養は口以外からも摂れるからさ」

白蓮はそのように言い放つと、陸晋少年に木の棒のようなものを持ってこさせる。

「あれは……点滴ですか？」

「ああ、そうだ。我が診療所では血液の輸血などでおなじみだな」

「まさか、血で栄養を補給するのですか？」

「吸血鬼ならばそれもいいだろうが、それだけじゃ栄養にはならない」

白蓮は断言すると無色透明の液体を注入する。

「それは？」

「いつも見ているだろう。これは栄養素だ」

「弱った患者に点滴しているものですね」

「その通り。これで栄養を補給させれば二週間くらいなにも食わなくても死なない」

「そんなに。診療所ではもっと短い期間でしたが」

「そりゃ、口から栄養を摂るのが身体には一番だからな。だが、点滴でも栄養さえ補えればしばらくは持つ」

「しかし、空腹には耐えられないかも」

「それはお貴族様の精神力次第だな」

白蓮と香蘭の視線が注がれるが、唐胤は果敢にも、

「なるほど、それを付ければ死なないのだな。ならば喜んで付けよう」

私には国を守る責務があるのだ。そのように言い放つ唐胤は凜々《りり》しく立派であった。

「ほう、嫌がるかごねると思っていたが、これはこれは」

この国の大臣にも骨のあるやつがいるじゃないか、言葉にはしないが、そのように思っているようだ。白蓮は元来、無礼で不遜な男であるが、このような人物には敬意を払う。先ほどの非礼を詫びると、最後に食事を勧めた。

「これが食い納めだ。俺も腹一杯食ったし、遅効性ならば共に死ぬだけだろう」

そのように茶化すが、もしかしたら白蓮自身が毒味役を買って出てくれたのかもしれない。あるいはそれは過大評価なのかもしれないが、ともかく、唐胤は最後の晩餐《ばんさん》を楽しむ。香蘭もご相伴にあずかるが、さすが一国の大臣の屋敷で出される食事、山海の珍味を取りそろえた食事は香蘭が今まで食べたことのないものばかりだった。

香蘭と白蓮が寝ずの番と護衛をするが、ふたりが同時にいる必要はない。強襲を企む悪漢は唐胤が雇った衛兵に任せればいいことだった。香蘭と白蓮は時折、唐胤の家に赴き、点滴に吊《つる》された栄養素を替え、唐胤の身体に異変がないか確認することに注力する。遅効性の毒を摂取していれば体調の変化があるはずであったが、唐胤は終始、元気だった。

「もしかしたらこの点滴なるものをしていれば持病の癪もよくなるかもしれない」

唐胤はそのようにうそぶくが、二週間も食事を摂らないというのは辛《つら》いことのはずだった。食への情熱のない香蘭でもその大変さが想像できる。なので香蘭は一度、白蓮には内緒で買った甘食を袖口に忍ばせたことがある。黙ってこれを食べなさいと差し出したのだが、唐胤は毅然とそれを突き返した。

「私は二週間、なにも食べないと約束した。白蓮殿は私を生かすと約束した。これは男と男の約束だ。それを破れば人の道に反する」

そのような論法で差し入れを固辞した。確かな意志を感じた香蘭は以後、差し入れなどという馬鹿なことはせず、唐胤の体調を気遣うことに注力した。

その甲斐あってだろうか、断食一三日目まで到達することが出来た。日付を確認すると白蓮は、

「取りあえず遅効性の毒の摂取は防いだ。あとは当日だな」

と、呟く。

「ここまでくれば我々の勝ちではないでしょうか？」

香蘭はそのように返答するが、白蓮は「甘いな」と言った。

「毒は経口投与以外にも摂取させる方法はいくらでもある。注射に尻の穴、それに気体状にして吸わせるとか」

「気体状か、それはさすがに大がかりだから難しいのでは？」

「相手が雌狐でなければ俺もここまで心配せんさ」

「黒貴妃を高く買っているようですね」

「まあな」

珍しく曖昧な返答をすると、白蓮は点滴の投与を止めるように指示する。ここからは遅効性の毒や栄養不良に怯《おび》えるよりも、点滴に毒を注入されることを危険視するようだ。さすがは元軍師様であるが、持病を持つ唐胤の体調も心配なようだ。前日から自分も泊まり込みで護衛する旨を伝える。香蘭は師の心配りに感動すると、ここまできたら是が非でも唐胤を守ろうと誓い合った。

黒貴妃が唐胤の死を予言したその当日、正午ちょうどに唐胤は黒い血を吐いて死ぬとのことだった。早朝から唐胤の屋敷は緊張感に包まれた。主を殺されてたまるか、と先祖から仕える家臣たちは剣や槍を持ち、屋敷を警護している。

「猫の子一匹入る余地はない」

とは唐胤の使用人頭の言葉であるが、その直後に香蘭の足下に野良猫がやってきたのにはさすがに閉口した。香蘭は三毛猫を抱き上げると頭を撫でる。「にゃあ」と可愛らしく鳴いた。ただ猫はともかく、人間は入り込む余地はなさそうだ。屋敷の門を叩いた人間、周囲をうろつく人間は身分問わず捕縛され、尋問されていた。無論、無関係と分かれば解放されるが。

「これならば黒貴妃の予言も外れるかな」

そのような希望的な観測を述べると、師である白蓮の表情が浮かないことに気が付く。出された朝食がお気に召さなかったかな、そのように推察したが違うようだ。白蓮は己の内に湧いた疑問を口にする。

「変だな」

「変とはなんのことでしょうか？」

「おまえの顔だ」

「この顔は生まれつきです」

父母から貰った顔を悪く言わないでください、と抗議すると白蓮は本題に入る。

「もうひとつ変なのは黒貴妃が動く気配がないところだ。間諜の類いも忍ばせていないようだし」

「警備が厳重すぎて諦めたのでしょうか？」

「あの雌狐が？」

「――前から気になっていたのですが、白蓮殿は黒貴妃とお知り合いなのですか？」

「どうしてそう思う？」

「〝あの〟という言葉の語調が知り合いを指しているような気がしまして。それに〝雌狐〟という言い方も」

「なるほど、鋭いな」

白蓮はこれまた曖昧に答えるとまた話をそらす。

「知り合いの女官に黒貴妃の館を見張らせている。雌狐は数日前からお籠もりだそうな」

「仮に彼女が毒殺犯でも自分で動くとは思えません」

「そうだな」

ふうむ、と顎に手を添える白蓮。神算鬼謀の男でも分からぬことはあるらしい。それだけでなく、今回の事件、彼はなにかと迷うことが多いようだ。神医者らしからぬ歯切れの悪さを随所に見せていた。師の人間らしさに少し親しみを持ったが、彼の憂慮はある意味正しかった。〝あの〟黒貴妃が無為無策に館に閉じこもっているなど有り得ないのだ。彼女はあの物静かな館から陰謀を巡らしていたのである。

後に〝黒い手薬煉《てぐすね》事件〟と呼ばれることになる暗殺劇の最終幕が開いた。

その一報が届いたのは正午過ぎであった。

主を毒殺されまいと気を張っていた家人たち、しかし、正午を過ぎても主の身体に異変は起きず肩すかしを食らい困惑しているところに、その報告はもたらされたのだ。

「民事省大蔵府副長史、阿南《あなん》毒殺」

その報告を聞いたとき、唐胤の屋敷にいるものは等しく衝撃を覚えた。唐胤自身、大声を上げる。

「ば、馬鹿な、阿南が死んだだと⁉　死を予告されていたのは私ではないのか⁉」

「落ち着け、あんたは一国の大臣だろう」

「落ち着いていられるか、阿南は若手官僚の中でも最も才知に長けていた男なんだ。私の後任はやつしか考えられなかったのに」

「ならば犯人に殺される理由はあったわけだ」

「黒貴妃とは面識すらないはず」

「黒貴妃とはな。しかし共犯者である〝候廊原〟とはただならぬ関係だったろう」

「候廊原⁉」

「驚くようなことか？」

「貴殿はあの候廊原が今回の事件の犯人というのか？」

「もう一度問おう。驚くようなことか？」

その言葉を熟慮した唐胤――ゆっくりと首を横に振る。

「候廊原は強欲にして貪欲、俗人にして凡俗、阿南とは対極の存在だった」

「岳配殿から阿南と一部の官吏が公金横領の調査をしていたという報告を貰っている。また候廊原と阿南は日頃から折り合いが悪かったようだ」

「つまり暗殺する理由はある、と」

「そうだな」

ですが、と割って入ったのは香蘭。

「今回、阿南様は黒貴妃の予言に含まれていませんでした。三人の被害者は御丁寧に予告までされたのになぜ、阿南様だけ？　もしかして別の事件なのでは？」

「先ほどの報告で毒殺と聞いたな、つまりそういうことだよ」

「どういうことですか？」

「つまり候廊原と黒貴妃はもはや占いにかこつけて暗殺をする必要がなくなったんだよ」

「なるほど、そういうことか」

香蘭は己の手を叩く。唐胤は理解していなかったようなので説明する。

「唐胤様への予告は囮《おとり》だったんですよ」

「囮？」

「そうです。唐胤様に死を予告したのは、そうすれば宮廷中が大騒ぎになるから」

「たしかに今、宮廷は私の話で持ちきりだ」

「さらにいえば我々が付きっきりで唐胤様の護衛をせねばならない。その間、調査は進まない」

「その間隙を縫って〝本命〟を毒殺したというわけか」

　白蓮は大きく頷く。

「もはや〝毒殺〟であることすら隠す必要もなくなったようだな。現場に毒物を残していたらしい」

「本命の阿南様を殺すための布石だったのですね、最初の三人は」

「そういうこと。しかし、まんまとはめられたな。これでは我々は道化ではないか」

「しかし、唐胤様が健在です。やつらは今回、毒物という証拠を残しました。それを辿ればやつらの悪事を暴けるかも」

「ほう、なかなかに冴《さ》えているではないか」

　白蓮も同じところに目を付けていたようで、にやりと微笑む。

「すでに毒物の確保を命じてある。さらに先日死んだ三人の血液も入手済みだ。成分分析をしているが、近く毒物の種類くらいは判明するだろう。あとは入手経路が分かれば
——」

　そのとき、唐胤の屋敷の外から音が聞こえてきた。唐胤の護衛がなにものかと言い争いをしている。最初、候廊原一派の襲撃かと思ったが、どうやら違うようだ。血気盛んで忠臣の見本のような護衛たちが訪問者たちを通している。それを見て白蓮はある程度察した。

「なるほど、朝廷の犬か」

犬？　人間のように見えますが？　香蘭も窓から確認をするが、すぐに彼の言葉の意味を悟る。唐胤の屋敷に入ってきたのは検非府の役人だった。検非府とは軍務省に属する府で、法に背くものを探し出す機関である。要は警察のことであるが、彼らは遠慮することなく、唐胤の屋敷に入ってきた。

唐胤はこの国の大臣であり、普通、このような無礼は絶対に許されない。しかし、火急のときは果断な処置が求められる、というのが検非府長史の持論であった。軍務省検非府長史、王湖《おうこ》は唐胤の屋敷に押し入ると深々と頭を下げた。

「突然の上、このような非礼、まずは謝罪いたします」

民事省と軍務省は同格である。同格の役人というものはまず仲が悪いものだが、民事省尚書令と軍務省長史が反目しているという事実はない。互いに尊重し、一目置く仲であった。ゆえに話し合えば決着する問題だと唐胤は思ったが、その目算は外れた。

「私はこの国の民事を司っている。たとえ検非府とはいえども私を捕縛することは出来ないはずだが」

「まったくもってその通りでございます。我々もあなたを捕縛する気はありません」

「ならば誰を？」

その問いに言葉ではなく、視線で答える王湖。彼の視線はまっすぐに白蓮に注がれた。

香蘭はとっさに前に出て師を守ろうとするが、唐胤も同じように白蓮を庇った。

「この御仁は私の客人にして命の恩人だ。我が屋敷の庇護《ひご》下にある限り、たとえ検非府のものでも捕縛はまかりならん」

毅然と言い放つその様は武人のように猛々《たけだけ》しい。一瞬、検非府の役人たちはたじろぐが、彼らの上司も然るものであった。

「唐胤様にそのように言わせるということはその男、なかなかの人物なのでしょう。無論、ここは唐胤様の屋敷、普段ならばこのような真似《まね》はいたしません。しかし、今は緊急事態なのです」

「一介の医者がそのようなことに関わっているとは思えない。もしも白蓮殿を連れて行きたいのならば納得できる理由を述べよ。もしもそれが出来ないのなら――」

唐胤は後背に控える家来に視線を移し、「一戦、交える覚悟もある」と意気を示したのだが、一国の大臣がそのような態度を見せても王湖は怯《ひる》まなかった。彼の胆力が素晴らしいということもあるが、本当に国家の危機でもあるようだ。王湖は神妙な面持ちで事態を説明する。

「――昨晩、皇帝陛下がなにものかに毒を盛られました」

「な、なんだと⁉」

地が割れるような衝撃が走る。鉛が気化したかのような空気が充満する。

「へ、陛下が⁉　陛下は無事なのか？」

「ただいま御典医が総出で治療に当たっています。胃を洗浄し、なんとかことなきを得たようです」

「つまり暗殺は未遂に終わったのだな」

「はい。しかし、未遂でも皇帝弑逆《しぎゃく》は大罪。陵遅刑の上、斬首と国法によって定まっています」

「それは知っているが、なぜ、白蓮殿が捕らわれなければならぬ」

「それはそのものが容疑者だからです」

「な、彼はずっと私といたぞ。証人もいる」

「しかし、ここにいなくても毒物は用意できる。皇帝陛下暗殺未遂に使われた毒物、それと民事省大蔵府副長史、阿南毒殺に使われた毒物は同じものでした」

そして——、と王湖は続ける。

「同じ毒薬が白蓮診療所から見つかった。彼が毒物を宮廷に運ぶところを見たという証言もある」

その言葉を聞いた唐胤と香蘭は絶句する。しかし、白蓮は悠然としていた。逃げおおせる自信があるとは思えない。この期に及んで弁明は無駄だと悟っているようだ。そこまで証拠を積み上げられているのならば無実を証明するのは難しい。

まったくの濡《ぬ》れ衣《ぎぬ》であるが、宮廷に必要なのは〝真実〟ではなく、〝辻褄〟であった。

皇帝弑逆未遂という大罪事件が起きた以上、必ず〝犯人〟を見つけ出さなければいけないのである。白蓮がそれに選ばれたのは必然でもあった。

（雌狐め。俺のことを相当に恨んでいるようだな）

涙を流し、お情けをくださいまし、と懇願する女の姿が浮かぶ。黒貴妃がまだ陰麗華と呼ばれていた時代、まだ黒き衣を纏っていなかった時代、まだ人を殺すような娘ではなかった時代、まだこの世界が〝愛〟に満ちていると信じていた時代を思い出す。

「まあ、しょうがない。因果応報だな」

そのように纏めると白蓮は大人しく検非府長史にその身を差し出す。唐胤と香蘭は止めようとするが、たしかな意志を持つ男を止めることは不可能であった。白蓮は連行される途中、香蘭に言葉を残す。

「庭に野菊が咲いている。俺の代わりに水をあげておいてくれ」

それが白蓮の最後の言葉となった。無論、遺言にはさせないが、それでもしばらくは再会することは出来ないだろう。香蘭は師の顔を心にしかと焼き付け、その意志を確認する。白蓮の瞳は精気と熱で溢れていた。死を覚悟した男の目だが、死を受け入れた男の目ではなかった。ならばよろしい、香蘭としては全力で師を救うだけだった。

†

皇帝暗殺未遂事件の報は瞬く間に宮廷中に知れ渡る。

一方、暗殺者捕縛の報はごく一部のものしか知らされなかった。毒物はたしかに白蓮診療所で発見されたが、暗殺未遂の時刻、たしかに白蓮は唐胤の屋敷にいたのだ。つまり白蓮は毒薬を用意しただけという見方が主流であった。無論、それだけでも斬首は免れないのだが、刑がただちに執行されることはない。毒を飲ませたもの、それを命じたものを探さなければならない。

毒殺に関わったものを一網打尽にするには、白蓮の証言が重要になる、と検非府の役人は思っているようだ。

「少なくとも一ヶ月は首と胴が繋がっているはず」

とは白蓮の無二の親友にしてこの国の皇太子の言葉だった。

「東宮様、東宮様の力で我が師を釈放することは出来ないのですか?」

香蘭は駄目元で頼んでみる。

「それは不可能だな。白蓮が無実というたしかな証拠があれば別だが、現時点では守り切れぬ」

口惜《くちお》しそうに言う東宮。岳配老人がその先の言葉を続ける。

「東宮様はこの国の摂政だが、権力を掌握しているわけではない。今、下手に白蓮殿を庇えば失脚しかねない。それどころか暗殺未遂の首魁《しゅかい》とされれば東宮様の首も飛ぶ」

「あるいは敵の狙いはそこかもしれませんね」

「その通り。軽々とは動けぬ」

岳配は溜め息をつくが、東宮は親友を見捨てたわけではないようだ。

「最悪、私も一緒に死んでやるが、最初から心中気分でいたらあいつに気持ち悪がられるだろう」

「たしかに、うざったがられそうですね」

東宮の冗談に呼応する。

「そういうことだ。悲劇の主人公を気取るのは人事を尽くしてからにしようではないか」

「承知いたしました。この陽香蘭、全力で師を守ってみせます」

「白蓮には過ぎた弟子だな」

東宮は目を細めると、今後の方針を語る。

「現在、白蓮は拷問を受けている最中だろう。関係者の名前を吐けと言われているはずだ」

「……恐ろしいことです」

「安心しろ、王湖は加減を知っている男だ。多少、棒で叩かれるくらいだろう」

「せめて腕は叩かないであげてほしいです」

「おそらくは大丈夫だろうが、約束は出来ん」

「ならば一刻も早く無実を証明するだけ。今から後宮に向かってもよろしいでしょうか？」

「黒貴妃の館に向かうのか？」

「はい」

「勝算はあるのか？」

「心の底から誠意を持って話し合えばあるいは」

「いや、それは無理だな」

東宮は断言すると、その理由も添える。

「あの黒い貴妃、おそらく、白蓮と知り合いだ」

「…………」

「意外な顔をしなかったということは気が付いていたか」

「なんとなくですが」

「女の勘は怖いな。おまえの夫は浮気が出来ぬ」

「白蓮殿と黒貴妃はどのような関係なのでしょうか」

「詳細は知らぬ。白蓮はどうでもいい情事は自慢するが、本当に好いた女のことは語らん」

「黒貴妃はかつての恋人だったと？」

「かもしれぬ。少なくともどちらかは愛していたはずだ。今回の事件の裏では想像以上の愛憎が渦巻いていると見た」

「一見、宮廷の陰謀劇の一幕に見えて、その実、脚本家は愛憎深い女人だった、というわけですね」

「そういうことだ。まずは黒貴妃がなぜ、白蓮を恨むのか。それが分かれば説得の材料になるやもしれぬ」

もしも彼女を孕《はら》ませて逃げたというのならば、認知させせ、結婚させるか、と冗談を言うが、その程度の恨みではないような気がした。

「ともかく、今はそれに懸けるしかありませんね。黒貴妃の過去を調べようと思います」

「並行して候廊原の悪事の証拠を摑んでおく。こちらのほうは容易に摑めそうだが」

「ありがとうございます」

「礼には及ばぬ」

東宮はそのように言い放つと、岳配に指示を飛ばした。見れば政務所の机の上にはうずたかく書簡が積まれていた。仕事中毒の東宮が仕事を長期中断するなど、相当なことであった。

(……それだけ白蓮殿のことを大切に思ってくださっているのですね)

東宮は白蓮のことを悪友と呼ぶ。白蓮は腐れ縁と表す。普段から互いの悪口を欠かさぬ仲であるが、ふたりの絆《きずな》はなによりも強いように思えた。

(女には考えられぬ関係だな)

互いに信頼し、命を懸け合える仲、莫逆《ばくぎゃく》の友ともいえるようなふたりの仲は端から見ても羨ましく思ってしまうことがある。

「わたしにもいつか、同じような存在が出来るのだろうか」

あるいは友ではなく、それ以上の存在が――。

香蘭は己の未来を想像したが、上手く纏まらなかったので、言語化することを諦め、後宮に向かった。

†

黒貴妃の過去を探る。特に白蓮との関係を明らかにする。それが香蘭の最大使命であった。あらゆる情報を総合し、判断を下す、それが白蓮流医術の神髄だ。香蘭は師を救うために師の教えを実践する。

「しかし早々簡単に黒貴妃の過去を探れるものなのだろうか」

自分で思いついた案であるが、どこか心許《こころもと》ない。そもそも黒貴妃は謎深い人物として知られていた。本名は陰麗華、年齢は二〇代、仙術のような占いを行う、この三つ以外の情報が出回っていないのだ。あの噂好きの李志温ですらそれ以上の情報は知らないという。

「あるいはその神秘性が人々を魅了するのかもしれない」

カリスマ性、白蓮の世界ではそのように評されるだろう。しかし香蘭はその神秘性を暴かなければいけない。香蘭は手っ取り早く解決を図るため、宮廷占女たちが集う建物へ向かった。

宮廷占女、正式名称を内侍省卜占府天命吉凶巫女という。長たらしいのでほとんどのものが宮廷占女と呼ぶが、彼女たちは歴《れっき》とした役人でその歴史は古い。むしろ、現在よりも古代のほうが重きを置かれており、大昔の王朝では大臣よりも偉かった時期があるほどだ。中原国においても宮廷の諸事を預かる内侍省の府として活動しており、年がら年中、占いをしている。その吉凶によって国政が動くことはないが、勅令が下される日などは彼女たちが決めることが多かった。

このように宮廷占女は国の立派な機関であるから、宮廷に出仕し、仕事をこなしている。立派な建物も与えられており、そこで日々、己を研鑽《けんさん》していた。つまり香蘭でも会うことが出来た。香蘭は面会の予約もせずに彼女たちが集う建物に向かうと、そこで黒貴妃の過去について尋ねた。

いきなり自分たちの出世頭である陰麗華の過去を詮索してきた宮廷医見習い。皆、不審に思うどころか奇妙がっていた。誰ひとりまともに取り合ってくれない。東宮や大臣の名前を出しても彼女たちの口は柔らかくならなかった。

——もっと時間を掛けて信頼を構築してから尋ねるべきだったか。しかし今は時間がないのも事実、彼女たちのような閉鎖的なものたちの信を得るにはかなりの時間を要するだろう。香蘭は自分のやり方は間違っていないと自分に言い聞かせると、攻め方を変えることにした。

「占い師の信を得るには占いが一番」

そのように呟くと、香蘭は岳配に宮廷占女の服を用意してもらった。宮廷医の衣服とは正反対の衣服に袖を通す。宮廷医の服は機能性を重視したものとなっているが、宮廷占女の服は機能性よりも華やかさを重視した作りになっている。占いははったりと権威が大事なのだろう。香蘭はそう勝手に納得するとそのまま卜占府へと向かった。

最初、さすがににわか過ぎるかと思ったが、香蘭の変装はまあまあだったようで、怪しむものは少なかった。卜占府だけでも数十人の女官がおり、新入りも定期的に入ってくるゆえ、怪しまれなかったのだろう。香蘭は〝自称〟新入りとして堂々と卜占府を自由に歩き回ると、卜占府の生き字引ともいえる老女の存在を知る。

華やかなことが好まれる宮廷では一定の年齢が過ぎた女官は解任されることが多かった。卜占府は特にその傾向が強く、四〇代の女性すら稀であったが、そのものはなんと御年七二なのだという。卜占府の生き字引のような女性であり、歴史にも精通していそうであった。香蘭は彼女を標的に定めるとさりげなく近づいた。

「黄純《こうじゅん》様、分からないところがあるのですが……」

老女の名を呼びながら、占いの教本を指さす。陰陽道《おんみようどう》の秘術が書かれた箇所であるが、黄純はそれを一目見ると目を背ける。

「そのようなものは知らぬ」

少し不機嫌に首を振る。面倒見のいい女官と聞いていたが、接し方を間違えてしまったのだろうか。香蘭は気を取り直すと教本を仕舞う。

「なんじゃ、もう仕舞うのか」

「知らないとおっしゃったので」

「口頭で問えば答えてやるぞ」

「……それは出来かねます」

なぜならば香蘭は占いのド素人だから。基本の基も分かっていないので、口頭でどこが分からないか質問することさえ出来なかった。

このようなちぐはぐなやりとりをしていると黄純は香蘭の顔を覗《のぞ》き込《こ》む。

「見慣れない顔だね」

「新しく入ったばかりのものです。鹿梓村の生まれです」

「へえ、あの太祖様を占ったことで有名な村の娘かい」

「はい」

僅かばかりの縁があったので騙《かた》ってみたが、問題はない。この老女があの村出身ならば問題が出てくるかもしれないが、そうではないことは調べ済みだった。

「太祖様の恩寵《おんちょう》によって今も栄えております」

「ああ、太祖様に対する感謝は忘れてはいけないよ。我々が占いでおまんまを食えるのは太祖様のおかげなのだから」

「そうですね。占いを研鑽すれば黒貴妃様のように栄達できますし」

「なんだ、おまえは黒貴妃に憧れているのかえ」

「ええ、もちろん、占いを志すもの皆が憧れております。それに彼女は占いを生業とする村出身ですから」

「ああ、たしかそうじゃった」

「はい、それで親近感を覚えておりました。ちなみに村の名前はなんというかご存じですか？」

さりげなく質問したつもりだが、黄純は眉をひそめる。どうやら怪しまれてしまったようだ。

「陰麗華の出身なんて、ここにいるものは誰でも知っているはずなんだがね」

黄純はそのように言い放つと、香蘭の正体を言い当てる。

「さてはあんた、最近、卜占府を嗅ぎ回っているとかいう娘だね。誰の差し金か知らないが、無駄だよ。黒貴妃はたしかに鼻つまみものだったが、あたしたちは仲間は売らないんだ」

黄純は怒りを露わにすると、香蘭の襟首を猫のように摘まみ、追い出す。

（仲間は売らないか、正論だ）

しかしそれでも香蘭は黒貴妃の過去を探り出さなければいけない。師である白蓮の命とこの国の命運が懸かっているのだ。これくらいでへこたれるわけにはいかなった。香蘭はつまみ出される最中も一計を案じる。この老女の信用を得るにはどうすればいいだろうか、それだけを考える。

（出来れば恩を売って黄純が自主的に協力してくれる形が望ましいが……）

最悪、東宮に出張ってもらって権道を用いるという手もある。正直、権力を使うのは気が進まないが、師の命が懸かっている以上、そんな贅沢も言っていられない。そう思った香蘭はさっそく東宮御所に戻り、岳配と相談をする。

「それは無理じゃな」

内侍省東宮府長史、岳配は香蘭の願いをあっさりと切り捨てる。なぜですか、とは問わない。この老人が意地悪でそのようなことを言うわけがないからだ。

「卜占府は我々の管轄外であるし、あの老女の噂はわしの耳にまで届いている。頑固で頑迷な古狐《ふるぎつね》らしいから、我々が出しゃばればよりへそを曲げるはず」

その考察は限りなく正しいので反論することは出来なかった。

「しかしそれは困ります。師の命を救うためにあの老女の情報が欲しいのです」

「我々としても力になってやりたいのだが」

岳配は立派な髭を「ふうむ」と撫でる。

「占い師に化けて潜入するというのは悪い手法ではなかった。だが付け焼き刃過ぎたな」

「それによってさらに信頼を失ってしまいました」

「門前の小僧習わぬ経を読む、か。白蓮殿の手法が色濃く出てしまったな。おまえは白蓮殿の弟子であると同時に東宮様の御典医なのだ。おまえはおまえらしくしたほうが、相手の信頼を得られるかもしれない」

「と、おっしゃいますと？」

「白蓮風の小賢《こざか》しい策は捨て去り、香蘭流のやり方でやるのだ」

「わたし風とおっしゃいますと？」

「おまえの長所はまっすぐに人とぶつかっていくところ、愚直なまでに正直なところだ」

「褒められているのですよね？」

「無論だ。東宮様もおまえの医療の腕よりも、その性格を貴重なものだと思っている」

「しかしどのようにその性格を生かせばいいでしょうか」

「そうじゃな」

岳配はもったいぶるかのように己の髭を撫で回す。まるで仙人のようである。東宮は彼の知恵によって何度も危機を救われたらしい。今度もきっと岳配は素晴らしい知恵を授けてくれるだろう。

香蘭はじっと岳配老人を見つめる。岳配はじっと目をつむり思考を巡らす。

黙考すること数瞬、岳配がぴくりと動いた。──なにか言葉を発する。そう直感した香蘭は岳配に集中する。それと同時に岳配は目を見開き、己の内に湧いた答えを口にする。

「分からない」

それが岳配の答えだった。思わず精神的に数歩よろめいてしまう香蘭。もったいぶっておいてこれとは、という視線をぶつけるが、岳配は「かっか」と大きく笑う。

「あまり老人を頼るでない。こういうのを見つけるのが上手いのもおまえの長所ではないか」

そのような物言いをされれば不平も言えない。香蘭は「承知しました」と東宮府を出る。東宮御所を散策しながら策を練ることにした。

東宮府は至る所に東屋《あずまや》や池が設置され、歩くものの目を楽しませる。季節の花々も咲いており、行き詰まった香蘭の心をほぐしてくれた。香蘭は卜占府の老女と岳配の言葉を交互に思い出す。

――あたしたちは仲間は売らないんだ。

――おまえの長所はまっすぐに人とぶつかっていくところ。

ふたりの顔も交互に思い浮かべる。すると香蘭は黄純の最初の言葉を思い出した。

――そのようなものは知らぬ。

　彼女は占いの教本を見るなり、そのように答えた。しかしその後、「なんじゃ、もう仕舞うのか」とも言った。そのやりとりを思い出した香蘭は、

「矛盾しているじゃないか」

　と独語する。

「そのようなものは知らぬ」は明らかに拒絶の言葉だったが、「なんじゃ、もう仕舞うのか」は教えを請われるのは嫌いではない、もっと尋ねろ、という意味の言葉のような気がした。ほんの僅かの間に気持ちが変わったのだろうか？

　もう一度、回想を重ねると、「そのようなものは知らぬ」と言った黄純が目を細めていたことを思い出す。その瞬間、香蘭の身体に電流が走る。

「そうか！　そういうことか！」

　香蘭はすべてを察する。黄純がなぜ、あのような態度を取ったか察することが出来たのだ。

「――そうと分かれば」

　あとは岳配老人の言葉に従うだけ、猪突猛進に困っている人を救うだけだった。その結果、今まで多くの人が心を開いてくれたのだ。もしかしたら黄純も心を開いてくれるかもしれない。そう思った香蘭は白蓮が日頃、世話になっている鍛冶屋のもとへ向かった。

卜占府の老女官はその日も役所の一角に籠もっていた。この歳になればさすがに力仕事など任されぬが、それでも書類仕事は頼まれる。その経験を見込まれ、面倒なものも寄越されるからとても時間が掛かるのだ。黄純は何刻も書類を見つめながら、遅々とした速度で書類を読み込んでいた。

夕刻までその場から動くことなく書簡を読み込むと、老女は己の肩を叩く。

「まったく、この程度の量の書簡も一日でこなせないとはね」

あたしも老いたもんだね、と嘆くが、それでも老女官は不平を述べることはなかった。不平を述べれば書類仕事は減るが、それは嬉しいことではない。なにもせずただ座っているだけで給料を貰っては申し訳が立たない。黄純はお国の役に立った上でお給金を貰うことに無上の喜びと誇りを感じているのだ。黄純はそのふたつを満たすため、今日も夜なべをするが、そんな折、少女は〝また〟現れた。

今度は宮廷占女の格好ではなく、宮廷医の格好をしている。

「仮装はやめたのかい」

「はい。我ながら小賢しかったです」

「いや、いい手だったと思うよ。でも、急ぎすぎた。今度やるときはもっと時間を掛けな」

「そうしようと思いますが、今は時間がないので」

「じゃあ、あたしから黒貴妃のことを聞くのは諦めたのかい？」

「いえ、師の命が懸かっていますのでそれは無理です。だからあなたに恩を売って心を開いてもらおうかと」

「あたしはそんな簡単に恩を感じたりはしないよ」

「そうだと思います。ですがなにか行動をしなければ不安で胸が押しつぶされそうなのです」

香蘭は正直に己の胸の内を話すと、懐から鉄で出来た小物を取り出す。

「それは？」

胡散臭げに香蘭を見る黄純。

「これは眼鏡というものです」

「眼鏡ってのは？」

「この国ではほとんど普及していませんが、人間の視力を補う便利な道具です」

「…………」

「あなたは目が悪いのだと思って」

「なんでそれが分かったんだい？」

「最初のやりとりのときです。あなたは言下に断りましたが、あれは占いの教本の内容に答えるのが厭なのではなく、教本を読むのが厭なのだと気が付きました」

「なんて勘のいい娘なんだい」

「正解ということですね」

ふん、と黄純は鼻を鳴らす。

「人に教えるのも教本の内容を尋ねられるのも嫌いではない、と思ったわたしはあなたの視力が低下していることに気が付いた。おそらくは老眼です。これを付ければ多少は視力を補えましょう」

香蘭が眼鏡を差し出すと、黄純は恐る恐る触る。付け方は皆目見当も付かないようなので、香蘭が眼鏡を掛けてやる。すると彼女はすぐに「おお」と口を開いた。

「ぼやけていた視界がはっきりしたよ。すごい、本も読める」

教本をぺらぺらとめくる黄純、画数の多い漢字も読み上げる。ほっと胸を撫で下ろす香蘭だがまだ終わったわけではなかった。言いにくいことを伝えなければいけない。

「恩の押し売りはするな。父祖にきつく戒められて育てられましたが、今日だけはその戒めを破ります。その眼鏡を差し上げますので、どうか黒貴妃の情報を教えて頂けませんか？」

「あたしは仲間は売らないと言わなかったかい？」

「聞きました。しかし、重ね重ねお願いいたします」

香蘭は両手を地に着け、頭もこすりつける。土下座である。黄純がいいと言うまで下げるつもりであったが、思いの外早くその言葉を聞くことになる。

「頭を上げな、小娘」

「それは出来ません。あなたが黒貴妃の情報を教えてくれるまでは」

「いいよ、教えてやるからとにかく頭を上げるんだ」

その言葉を聞いた香蘭はひょいと顔だけ上げる。

「その言葉、誠ですか？」

「老い先短い婆は嘘をつかないものさ」

「しかしなぜ急に。眼鏡が効きましたか？」

「まあ、これも嬉しいさ。これがあればまだお国の役に立てるしね。でも、本当に心動かされたのは、おまえさんの土下座かね。様になっている」

「はい。土下座をすることが多い人生でした」

「とんでもない人生だね。でもおまえさんの土下座は自分のためのものじゃないね」

「…………」

沈黙してしまったのはその通りだからだ。

「私利私欲のない他人のためにする土下座だ。それが出来るものの土下座はとても美しい。顔が泥だらけになろうが、服が汚れようが関係ない。とても美しい所作だ」

「褒めすぎです」

「だね。歯が浮くようなことを言っても仕方ない。あたしはあんたを気に入った。今からあんたを〝仲間〟だと思うことにしたよ」

「仲間……」

「そうだ。同じ宮廷女だと思えば、黒貴妃のことを話しても問題ないだろう?」

黄純はにこりと微笑んだ。香蘭も満面の笑みで応えた。

黄純は得々と語り出す。

「黒貴妃の本名は陰麗華。神戸村《かんべむら》という占いを生業とする一族が住んでいる村出身の娘だ」

「はい。そこまでは誰もが知る情報かと」

「ああ、卜占府の女官ならば誰でも知っている。しかし、皆が知っているのはそこまで。黒貴妃が大人になってからここにやってきたことを。大人になる前、なにをしていたかを知るものは少ない」

「彼女は大人になってから宮廷占女になったのですね。それ以前はなにをしていたのでしょうか?」

「あたしが知っているのは、おまえの師匠である白蓮と懇ろな関係だったということだ」

「白蓮殿と……」

「ああ、なんでもとある手術をしてもらって宮廷に昇れるようになったとか」

「とある手術？」

「詳細は知らない。それがなければ宮廷に昇ることは出来なかった。陰麗華時代のあやつはそのように感謝していた」

「命に関わる手術ではないのかな」

美容整形なるものだろうか？ いや違うか、黒貴妃は美しさによって立身したのではない。彼女にとって美しさは副次的なものでしかないはず。美容整形をしても感謝することはあるまい。

しかし、これでだいぶ調査対象が絞れてきた。黒貴妃の出身村、かつて白蓮に手術をしてもらい、そのお陰で彼女の今があること。

さらなる情報も欲しいところだが、赤の他人にそれ以上、身の上を話しているとも思えなかった。香蘭は黄純に感謝の言葉を述べる。

「神戸村に行くのかい？」

「はい、生まれ育った村ならばもっと情報が摑めるかも」

「それがいいかもね」

黄純はそう言うと紹介状を書きしたためてくれた。

「ここにはあの村出身の娘がたくさんいる。あたしの紹介状は力になるはずさ」

「有り難いです」

懐にしかと入れ、老女の優しさに感謝する。

「そういえば陰麗華が高熱に浮かされたときがあってね。そのとき、朱霊《しゅれい》、朱霊とうわごとのように言っていた。なにか大事なことなのかもしれない」

「朱霊――、人の名前でしょうか？」

「おそらくはね」

「想《おも》い人《びと》でしょうか？」

「たぶんね、これは女の勘だけど。これでも昔は女だったんだよ」

黄純は深い皺の笑顔を作る。

「気になるな」

黄純にそのときの状況を詳しく尋ねる。彼女は事細かな情報をくれる。なんでも黒貴妃が彼の名前をうわごとのように呟いていたとき、彼の官位名も漏らしていたという。かなりの高位である。これもなにかの手掛かりになるかもしれない。そう思った香蘭は黄純に頭を下げると調査を再開した。

朱霊のことは陸晋に調べてもらいつつ、香蘭は神戸村に向かう。岳配に馬車を用意してもらったのですぐに到着するが、村は思ったよりも寂れていた。以前、香蘭が赴いた鹿梓村よりも寂れている印象を受ける。占い師は華美なように見えるが、極論をいえば生活に不要な職業、稼ぎはそれほどに多くないのかもしれない。

そのように推察しながら村長のもとへ向かう。陰麗華のことを聞きたいと尋ねたとき、村長は眉をひそめたが、黄純の紹介状を見せると態度を軟化させた。彼女の紹介ならば悪い人間ではないのだろう、なんでも聞きなさいと言ってくれる。香蘭は陰麗華の情報をなんでもいいので教えてくれと頼む。すると村長は再び顔を渋らせる。しかし、彼女のことを話すのが厭なわけではないようだ。

「いやね。俺も麗華について話すのはやぶさかじゃないんだ。だが、特に話すことがなくてね。麗華はこの村でも特筆するような占い師じゃなかった。神通力《じんつうりき》の類いは一切持っていなかったが、占術に関しては真面目に勉強していたかな」

「後に黒貴妃となって宮廷を騒然とさせるような人物ではなかった？」

「そうだね。それとその黒貴妃というのと、陰麗華ってのは別人だと思うよ」

「な、なんですって⁉」

村長の言葉に驚く香蘭。

「しかし彼女はこの村出身だという話ですが」

「それは俺も聞いているが、有り得ないと思うんだよね」

「どういうことですか？　騙りでしょうか？」

「そうだと思う。だって陰麗華は六年も前に死んでいるんだ」

「な──」

　驚愕の事実を聞かされた香蘭は絶句するしかなかった。

　陸晋は朱霊という男について調べていた。彼の官位は高位だったので容易に素性は知れたが、陸晋の調査もすぐに行き詰まる。朱霊という名の貴族は故人だったからだ。五年前に自殺していた。

　ここで調査を終えては子供の使いで終わってしまうので、陸晋は調査を続ける。自殺理由については朱一族が必死に隠蔽したため、確証は得られなかったが、それでも漏れ出ていた情報を総合すると、彼の自殺には〝婚約者〟が関わっていることが判明した。婚約者に先立たれたか、あるいは裏切られたか。

「どちらにしても浪漫的《ロマンティック》な人だなあ」

　という感想を持つと、さらに調査を進める。もしかしてその婚約者が〝陰麗華〟その人なのではないか──、陸晋は詳しく調査を進めるが、その考えが間違っていなかったことを知ることになる。

陰麗華という人物はたしかに神戸村の出身だった。しかし、彼女は六年前に死んでいるとのことだった。いったい、どういうことだろうか。香蘭は困惑してしまうが、村長に話を聞いていくうちに陰麗華と黒貴妃が別人物であると確信する。

陰麗華の肖像画は残っていないが、村長の言う人相とはまったく違う。それに性格も違った。香蘭が会った陰麗華は物静かで神秘性を持った女性であったが、この村の陰麗華はただ底抜けに明るい人物だったらしい。細かな性格を尋ねてもまるで符合しない。

（このふたりは別人だ。そしてそこに鍵があるのかもしれない）

香蘭は村長に〝この村の〟陰麗華について尋ねる。一番知りたいのは彼女の死因だった。村長は一瞬、話してもいいか迷ったようだが、香蘭の真剣な眼差しになにかを感じ取ってくれたようだ。正直に教えてくれる。

「陰麗華は獄中で死んだんだ。後宮の貴妃様に嫉《そね》まれてしまってね。無実の罪を着せられて病死した」

憐れな死に方である。香蘭は〝本物〟の陰麗華の魂が天で慰撫《いぶ》されることを願った。

神戸村の陰麗華と卜占府の陰麗華、別人であることが濃厚となった。このふたりの秘密を解き明かせば黒貴妃の正体を摑めるかもしれないと思った香蘭は、彼女の生家を訪ねた。

陰麗華の実家はとても見窄らしく貧しいように見えた。しかしそれはこの村共通であったので気にならない。それより着目すべきは彼女の生家に奇妙な印があることだった。よく見ればそれは罪人の証だった。

この国では罪人の家に印を付けるのが慣例となっている。また罪人自身にも罪人の証として入れ墨が施される。

「やはり無実の罪で獄に繋がれたというのは本当か」

そのように推察するが、肝心の家族はなにも話してくれなかった。黙して語らず、けんもほろろに追い返される。

(……当然か、身内の犯罪歴は恥。そうでなくても家族を売るものは少ない)

香蘭は早々に諦めるが、追い出される前に陰麗華の家の中を覗き見た。

(外装はともかく、内装は豊かだ。この村の水準を明らかに超えている)

あるいは浮いていると言い換えてもいいほど立派な箪笥《たんす》や寝具が揃えられていた。そんなことに注目するのは白蓮の薫陶を受けているからだろう。無論、それが事件解決の鍵となることはないだろうが、なにか手掛かりにはなるかもしれぬ。そう思った香蘭は頭の片隅に記憶を留めた。

神戸村の陰麗華と卜占府の陰麗華は獄中で入れ替わったのではないか、そう思った香蘭は鍵を握ると思われる人物、朱霊について調べることにした。事前に陸晋に調査してもらっていたが、自殺したところまでしか判明していない。彼がなぜ死んだのか、不明なのである。それが分かれば事態は大幅に好転するような気がしたのだ。

香蘭は彼の墓を暴く決意をする。

その計画を聞いた陸晋の反応は順当なものであった。

「な、香蘭さん、本気ですか？」

「本気だとも」

「しかし故人の墓を暴くなど最も罪深い行為のひとつです」

「ならばわたしは地獄の釜で茹《ゆ》でられるだろうな」

自嘲気味に笑う。

「もちろん、陸晋はなにもしなくていい。これはわたしが考えたことなのだから」

「……まさか、この期に及んでひとりだけ極楽に抜け駆けしようとは思いません」

「それは困る。陸晋には極楽に行ってもらって、わたしと白蓮殿を地獄から引き上げてもらおうと思っているのに」

「蜘蛛《くも》の糸《いと》ですね」

そのような冗談を交わし、香蘭と陸晋は笑い合った。そしてそのまま朱霊の墓に向かう。

この国の葬法は火葬と土葬、半々の割合だった。火葬は故人をあっという間に骨にしてしまうので墓を小さく出来るし、先祖と同じ墓に入れることが出来る。一方、土葬は人間一体分の場所が必要となる。どちらが優れているかは人それぞれだろうが、火葬のほうが金が掛かるのは事実だった。ゆえにこの国では貴人や裕福な商人は火葬、庶民は土葬が多かった。

貴族である朱霊が土葬となったのは金銭に不自由していたからでなく、彼の家が代々、土葬だったからだ。朱家の始祖は顔に醜い火傷《やけど》の痕があった。しかし、それにもかかわらず彼は戦場で勇名を馳せ、朱家の名を天下に響かせた。彼はとある戦場で全身に矢を受け死ぬことになるのだが、彼の妻は、

「夫は中原国のために命を懸けて戦いました。全身に七二の矢を受けて死にました。その死を後世に伝えるため、土葬にしましょう」

と気丈に言い放ったという。戦場の勇者に相応しい妻であるが、このような感情も持っていたようだ。

「……夫は醜い火傷に苦しんでいた。死んでからも焼かれたくないでしょう」

始祖にそのような逸話がある家柄であるゆえ、朱家は代々、土葬がしきたりとなった。彼が死んだのが五年前だから死体は朽ちずに残っているはずだ。無論、動物などに荒らされていなければだが。しかし、その点の心配は不要かもしれない。朱家の墓は専門の

墓守がいるほど整えられていた。むしろ問題にしなければいけないのは、その墓守の目をどうやってそらさせるかであった。墓を掘り返すには半日ほど時間がいるのだ。

香蘭は陸晋と一計を案じる。墓守の趣味嗜好《しこう》を探り、彼が酒好きであると知ると、香蘭は以前、世話になった女性、娼婦《しょうふ》の何伽《かか》に協力を仰いだ。彼女に墓守を誘い出してもらって、泥酔させるのだ。何伽は喜んで協力してくれる。

「任せておきな。あたいと飲んで酔い潰れなかった男はいない」

頼もしい言葉をくれる。なんでも彼女は一晩で、老酒ならばひとりで二瓶は空けられるそうで、いくらでも飲める蟒蛇《うわばみ》なのだそうな。

「あたいを酔わせて不埒なことをしようとした男を全員返り討ちにしてきた」

そう豪語する何伽は有言実行し、墓守を飲みに連れ出すと酔い潰すことに成功した。

香蘭たちはその間、せっせと墓を掘り起こす。念仏や経を唱えないのは覚悟の表れであったが、それはたしかに報われる。一刻ほど掘ると棺《ひつぎ》が見えてきたのだ。香蘭は土が入らぬように慎重に棺を開ける。――そこにあったのは朱霊の遺体であった。

「…………」

「…………」

言葉を失う香蘭と陸晋。遺体を見慣れたふたりであるが、このような遺体を目にしたことはなかった。

「こ、これは」

「こんな遺体を見るのは初めてだ」

ふたりにそのように言わしめるのにはわけがあった。朱霊の遺体は僅かばかりも腐敗していなかったのだ。顔色は土褐色だが、それ以外は寝ている人間となんら変わらなかった。

「まるで生きているようだ」

陸晋は信じられないものを見たような目をする。

「殭屍《キョンシー》のようだ」

香蘭の感想であるが、この世界に妖怪は実在しない。きっとなにか理由があるに違いない。そう思った香蘭は医者としての能力を発揮する。脈を取り、心音を聞き、遺体を確認する。結果、朱霊はたしかに死んでいることがはっきりする。

「寒冷地では死体は腐敗しないこともあるが、この南都では絶対に有り得ない」

白蓮は屍蠟《しろう》という遺体が石鹼《せっけん》のようになることが稀にあると教えてくれたが、それとも違うようだ。香蘭は陸晋に虫を捕まえてもらうと、それを朱霊の棺の中に入れてみた。するとどうだろう、虫はすぐに苦しみ悶えて死んでしまう。

「なるほど、強力な防腐処理がされているのか。――あるいは朱霊の死因自体が毒なのかもしれぬ」

稀にではあるが、強力な毒素を飲み干した人間の遺体が腐敗しないことがあると聞いたことがある。香蘭はそれをきっかけにすべての謎を解き明かす発見をする。師のような洞察力で遺体からすべてを察したわけではない。それどころかひどく古典的な方法で真実に到達したのだ。香蘭は遺体の手に握られていた紙片を見つける。

そう、遺体は情報を残していたのだ。死後、家族が握らせたか、あるいは死ぬ直前に握ったか。それは不明だが、遺体はとても大切そうに紙を握り締めていた。香蘭は遺体に敬意を表しながら紙片に書かれた文字を読み上げる。そこに書かれていた文章は短くも単純であった。

「私は愛するものを裏切ってしまった」

達筆な文字が途中、震えているように見えた。万感の思いを込めて書いたのだろう。香蘭は他にも手掛かりがないか探すと、棺の中に彼の日記のようなものが収められていた。それをぱらぱらとめくる。そこには重要な事柄がいくつも書かれていた。

〝すべて〟を察した香蘭は改めて遺体の顔を見つめると、〝愛〟によって救われ、〝愛〟によって死んだ男の冥福を祈った。

黒貴妃の過去を摑んだ香蘭は勇躍して獄中の師のもとへ向かう。道中、陸晋は先ほどの日記の内容を尋ねてくる。

「香蘭さん、あの日記にはなにが書かれていたのですか？」

「日記には朱霊さんが愛していた女の名が書かれていた」

「名前は？」

「何仙姑」

「火仙狐と同じ発音ですね」

「もしかしたら同一人物かもしれない。しかしそんなことはどうでもいい。わたしが白蓮殿に聞きたいのは……」

　そのようにやりとりしていると、白蓮が入れられている獄に到着する。東宮を通じて面会の約束を取り付けていたので思いの外簡単に面会することが出来た。

鉄格子の中に入っていた白蓮は元気そうであった。無精髭《ぶしょうひげ》こそ生やしているが、それ以外は診療所にいるときと変わらない。読んでいた本から目を上げ、香蘭に皮肉を言う。

「おお、これは麗しの姫君、さては真実の愛に目覚めて小生に誓いのキスでもしにきてくれたかな」

「姫ではありませんし、魚も持ち込めませんでした」

「なるほど、こちらの人間には通用しない口説き文句か」

「わたしを口説いてどうするのです」

「どうもせんさ」

色気皆無の会話を続けていると、陸晋は白蓮のもとに駆け寄り、彼のいたわしい姿に涙する。

「こちらの弟子はよく出来ている」

「先生、そのようなことはありません」

陸晋は涙を拭いながら説明する。

「香蘭さんは先生を救うため、南都中を巡っていたのです。犬馬の労も厭《いと》わぬ姿でした」

「たしかに少し煤《すす》けているな」

「土を掘り返していましたので」

「ほう、ということは何仙姑の秘密にたどり着いたか」

「──さすがは鋭いですね」

「天才を自称するだけはあるだろう」

「たしかに。ならばわたしがここに来た理由も察して頂けますね」

「もちろんだ。答えるかは別にして」

「なぜです。死にたいのですか？」

「まさか、俺の夢は康安《こうあん》一三三年ものの老酒を飲むことだ」

ちなみに今は康安三三年である。我が師はあと一〇〇年ほど図々《ずうずう》しく生きるつもりらしい。

「………」

「まあ、本音を話せば〝無粋〟で〝野暮〟なことをしてまで生き延びたくない」

「何仙姑さんへの贖罪ですか？」

「……事情に詳しいみたいだな」

「ええ、朱霊さんの日記に書いてありました」

「なんだ、あいつ日記を残していたのか。ならば隠し通せないな」

「はい。この日記によれば、朱霊さんとあなたは親しかったそうですね」

「まあな。あいつはこの国の官僚の中でもまともなほうだったから」

それは白蓮の照れ隠しだろう。日記によれば白蓮と朱霊は無二のとは言わないまでもかなり親しくしている。朋友《ポンヨウ》とも呼べる存在だった。

「彼との出会いは白蓮殿がまだ宮廷に出仕していた頃ですね。宮廷の改革を目指す朱霊さんがなにものかに腹を刺され、それをあなたが治療した。そのとき彼の政治に懸けるひたむきな思いを知って親交を結ぶようになった」

「臓器は黒くなかったよ」

腹黒い男ではないということだろう。まっすぐで純真な人物だったことはこの日記からも明白だった。

「親交を結ぶようになったあなたは朱霊さんに婚約者がいることを知った。それが何仙姑さんですね」

「そうだ」

もはや隠し立てする気はないようだ。

「朱霊と何仙姑は婚約していた。しかし、ふたりは身分が違った。朱霊は中原国開闢《かいびゃく》以来の廷臣の御曹司。一方、何仙姑はどこの生まれかも分からぬ漂泊の一族。叶わぬ恋であった」

「ですが朱霊さんはそのようなことを気にせず何仙姑さんを愛した」

「だな」

「ふたりはまるで比翼の鳥のような恋人だったとか」

「ああ、朱霊は何仙姑の聡明さと慈愛の心を愛した。何仙姑は朱霊の信念と誠実なところを愛したんだ。本当に仲のいい恋人だったよ」

「ではなぜ、そのふたりがあのような結末に？　なぜ、朱霊さんは自殺をしたのです？」

「幸せならば自殺をしないでもいいではないか、という意味か？」

「はい。愛するものがいるのに死ぬ理由が分かりません」

「人を愛したことがないものはそう思うのかもな」

白蓮は寂しげにそう呟くと、子細を語り出した。

あれはまだ白蓮が宮廷医を務めていた頃、東宮の軍師として采配を振っていた頃の話。

白蓮が宮廷に参内すると友である朱霊が息を切らせながら走ってきた。

「白蓮、聞いてくれ」

息も絶え絶えに話す。冷静な朱霊が息急《せ》き切《き》ってまで知らせることなど凶事としか思えなかったので身構えてしまうが、彼が話した内容は凶事とはほど遠かった。

「私は結婚することにした」

「ほう」

「なんだ、興味なさげだな」

「ないさ。相手も分かるし、どういう結末になるかも分かっている」

「どういう結末になるんだ？」

「そうだな、子供を山ほどこしらえて、そいつらは皆、立派な官僚になる」

「私の夢だ」

「おまえはひ孫の時代まで生きて、ひ孫たちからは内心、『早くくたばれ』と思われる」

「理想的な人生だな」

「そうだ。おまえにはそのような人生が似合う」

ふたりは笑みを漏らしながら同意する。ふたりは悪口すらも心地よくなるような間柄であった。


白蓮はその後、朱霊の屋敷に招待される。

「馬に蹴られて死にたくないのだが」

「恋路を邪魔しなければ馬もやってこないさ」

「俺のような輩は存在そのものが邪魔者なんだよ」

「なるほど、その通りだが、私と何仙姑の仲はおまえでも切り裂けない」

そのように言い放つと、件の何仙姑が使用人たちを従えてやってきた。未来の朱霊夫人は酒瓶を持ち、みずから酌をしてくれた。通常、自分の妻に酌婦のような真似をさせる夫はいない。何仙姑もそのような軽々しい女ではなく、夫の親友だからこそ酒を注いでいるのだ。それが分かっている白蓮は有り難く酒を飲む。

ちらり、と何仙姑を見るが、彼女は天女のような美しさを湛えていた。今まで白蓮が抱いてきたどの美女よりも美しい。

呆然《ぼうぜん》と見つめてしまうが、親友の婚約者を見つめるのは失礼に当たる。そう思った白蓮は酒に集中する。何仙姑も伏し目がちに白蓮を覗き見る。

勘の鋭いものならばそのやりとりだけでふたりの関係を見抜くかもしれないが、幸いなことに朱霊の勘は鋭くなかった。白蓮と何仙姑の関係に気が付くことはない。

実は白蓮と何仙姑は知り合いだった。朱霊に何仙姑を紹介される何年も前に出逢っていたのだ。

白蓮と何仙姑の過去を、香蘭は一言も漏らすまいと聞き入るが、心に不安が付きまとう。もしかして白蓮と何仙姑の間に〝不義〟、つまりただならぬ関係があったのではないか、と邪推してしまったのだ。そのことを正直に話すと白蓮は、

「何仙姑を抱いたことは一度もない。あるいはそちらのほうがより罪深いのかもな」

悲しげに言った。

白蓮は何仙姑との出逢いを語る。

彼女との出逢いは南都のとある診療所だった。知己である医者に頼まれ、診療所で回診をしていると、深夜、頭巾をかぶった女が現れた。

「もし、もし——」

女は鈴でも鳴らしたかのような美しい声音を発した。暗闇の中の彼女は白百合《しらゆり》のように美しかった。

「あなたが白蓮様ですね。南都で一番の名医とか。どうかお願いです。私の入れ墨を取り去ってくださいませんか？」

そのように懇願する何仙姑に〝黒〟の成分は含まれていなかった。ただただ不遇な状況から抜け出すため、必死になっている女性に見えた。

白蓮は借り物の応接間に彼女を通すと事情を尋ねた。

彼女は漂泊の民なのだそうだが、一族のものが罪を犯してしまい、連座して犯罪者の烙印《らくいん》を押されてしまったらしい。文字通り、額に犯罪者の入れ墨を入れられてしまったのだ。このままでは春を鬻《ひさ》ぐ女になるしかないのだと嘆く。いつもの白蓮ならば、

「売春も立派な商売だ」

の一言で切り捨ててしまうところであったが、何仙姑の姿を見ているとてもそのようなことを言う気持ちにはなれなかった。代わりに、

「出世払いだ。たんまり払えよ」

と言い放ち、入れ墨を除去する手術を施すことにした。

こうして入れ墨を取り除く手術をした白蓮。しかし白蓮は無粋なことが大嫌いだった。恩に着せるどころか、さらに施しをする。宮廷の女官になれるように口利きをしたのだ。

そのとき取り次いでくれた岳配は、

「白蓮殿が口利きをするとは珍しい。洗濯婦たちに雨が降ると伝えてやらねば」

と冗談を言ったという。特権を嫌う白蓮が権利を行使することを珍しがっての発言であるが、ふたつ返事で了承してくれた。白蓮の眼鏡に適《かな》ったのならば良い人物なのだろう、と言ってくれた。事実、何仙姑は好人物で瞬く間に宮廷女としての地位を固める。働きもので朗らか、機知に富んでいて要領がいい。それでいて貴妃も溜め息を漏らすほどの美人。宮廷で必要なものをすべて備えていたのだ。そのようなものだから、何仙姑の噂はあっという間に広まり、朱霊の耳にも届くようになる。

朱霊は女官に興味を抱くような性質ではない。むしろ堅物で仕事場で女を漁るなどとんでもないという信条を持っていたが、何仙姑を見たとき、その信条は飛び散った。恥も外聞もなく何仙姑に話し掛けると、彼女の名を尋ねた。

何仙姑もなにか運命めいたものを感じたらしく、嫋やかに微笑みながら、

「何仙姑です」

と己の名を口にしたという。

こうしてふたりは出逢った。

白蓮はその姿を物憂げに見つめていた——かは分からないが、何仙姑の秘密を誰かに話すようなことはなかった。

このようにして親友と出逢った何仙姑は朱霊と親交を重ねる。若いふたりが恋に落ち

るのに時間は掛からなかった。少なくとも朱霊は何仙姑を見た瞬間から恋に落ちていたことは明白だった。あの朴念仁である朱霊がなんと二ヶ月ほどで結婚を申し込むのだから。求婚をされたとき、何仙姑は頰を桜色に染め上げ喜んだというが、すぐには返答しなかった。何ヶ月か待たせたあと、

「私はあなた様に相応しくありません」

と言ったという。てっきり承諾してくれると思っていた朱霊は狼狽したが、無理強いはせず、代わりに白蓮に相談をした。結局、白蓮が仲立ちし、助言をして再び求婚することになったのだが、それでも何仙姑が結婚を承諾してくれたのはそれからさらに一年後のことだった。

なぜ、そのような時間が掛かったのだろう、とは問う必要はないだろう。何仙姑は朱霊のことを愛していたから容易に返答できなかったのだ。彼女は罪人だったから。その額にはもう入れ墨はないが、かつて彼女は獄に繫がれ、人非人の証である入れ墨を入れられたのだ。そのような娘が貴族の、それもこの国を改革しようとしている官僚の男に嫁いで良い結末になるわけがない。何仙姑はそのように悩んだのだ。しかし、彼女は最終的には結婚を了承する。

香蘭がなぜ、彼女は了承したのでしょうか？　と尋ねてきたが、白蓮は語ることはなかった。ただ独り、そのときのことを思い出す。

「白蓮様、抱いてくださいまし」

あの夜、たしかに何仙姑はそう言って白蓮の胸に飛び込んできた。

白蓮は一瞬、ほんの一瞬だけ躊躇《ちゅうちょ》するが、即座に彼女の肩を摑み、距離を取った。

「それは出来ない」

「…………」

白蓮の気持ち、性質をよく知っていた何仙姑は沈黙によって感情を表現すると、表情を作り直した。

「ではせめて白蓮様がおっしゃってください。朱霊様の嫁となれ、と。朱霊様の子を産み、育てよと。さすれば私はそのようにしましょう」

自由意志を持て、俺になど囚われるな、そう言いたかったが、代わりの言葉を用意した。

「幸せになれ。俺が言えるのはそれだけだ」

白蓮はそのように纏め、以後、ふたりきりで逢うことはなかった。

その後、白蓮が細々としたことを伝え終えると、香蘭は核心を突く。

「なぜ、朱霊さんは自殺をしたのです？　なぜ、ふたりは結ばれなかったのです？」

その問いに白蓮は正直に答える。

「今さら取り繕っても仕方ないな。そうだ、朱霊は自殺した。愛するものを失ったからだ」

「なぜ、何仙姑さんは朱霊さんから離れたのです？」

「離れざるを得なかったんだ」

「それはつまり、何仙姑さんの正体がばれてしまったとか」

「勘が鋭いな、と言いたいところだが、ここまで情報を開示していれば当然、行き着くか。そうだ。何仙姑が罪人であると露見した」

「なぜです。そのことを知っているのはあなただけでしょう。あなたが黙していれば誰も分からない」

「さてな。結果だけ言えば何仙姑の罪は露見した。俺が知っているのは先日、黒貴妃が毒殺した貴妃が何仙姑を妬ましく思っていたこと、大蔵府の官僚たちが朱霊と対立していたことだ」

「な⁉」

繋がった！　黒貴妃が巻き起こした一連の毒殺事件と朱霊の自殺が繋がったのである。

「つまり黒貴妃は彼女たちに報復するため、今回の事件を引き起こした、と」

「それは知らない。候廊原に籠絡されてしまった可能性もある」

「それはないでしょう」

「なぜ、言い切れる？」

「あなたが愛した人だから」

「……………」

白蓮は鼻を鳴らすと話を続ける。

「ともかく、俺が知っているのはここまで。罪人であると露見してしまった何仙姑は朱家から追い出された。――いや、朱霊から三《み》行半《くだりはん》を突きつけられた」

「国を憂うものには彼女の裏切りが耐えられなかった」

「ああ、それに朱霊は馬鹿正直な男だ。不正をなによりも嫌う。その後、彼女は役人に捕まった。罪人の入れ墨を消すのは国法に反する。死刑だ」

「彼女はその入れ墨を誰が消したのか漏らすことなく、死刑を受け入れた」

「ああ」

「しかし、死刑になる直前、なんらかの方法で命を繋げた」

「ああ」

「その後、彼女は獄中で会った陰麗華の名を借り、宮廷占女として再び宮廷に舞い戻った」

本物の陰麗華の実家は見た目に反して裕福だった。おそらく、黒貴妃が恩義を感じて援助しているのだろう。

「ちなみに顔も弄《いじ》ってあるな。誰に頼んだかは知らないが」

俺がやればもっと美人にしてやったものを、と、うそぶくが、そのような冗談でも覆い隠せないほど白蓮の気持ちは高ぶっているようだ。

「以上が俺の知っていることすべてだ」

「正直に話してくださってありがとうございます」

「なあに気にするな。その礼ではないが、看守を殴り倒すのを手伝ってくれるか？」

「わたしに武力がないのはご存じでしょう」

「陸晋がいるではないか」

冗談を飛ばすが、あるいはもしかしたらそれしかもう方法は残されていないのかもしれない。武力を使って強行突破し、そのままこの国を出奔するか。そのように悩んでいると事態は急変する。思わぬ人物がやってきたのだ。その人物とは黒き衣を纏った女性だった。

「黒貴妃⁉」

香蘭は思わず叫んでしまうが、彼女は冷静であった。

「久しぶりね、香蘭」

「……お久しぶりでございます」

「ふふ、相変わらずまっすぐねえ。色々と嗅ぎ回っているようだけど」

「師を救うためですから」

「その様子だとすべてを察したみたいね」

「はい」

「ならば善後策は決まった？　どのように落着させるつもり？」

「武力突破――、は無理そうかな」

黒貴妃の後ろには大量の衛兵がいた。それにふくよかな男も。彼は「ぐはは」と品のない笑い声とともに牢獄《ろうごく》に入ってくる。

「かび臭いところだな。まったく、お主の頼みでなければ絶対、近寄らぬ場所だぞ」

「候廊原様、お越しくださいましてありがとうございます」

「気にするな、俺とおまえの仲ではないか」

候廊原は黒貴妃の腰に手を回そうとするが、彼女はするりと抜け出す。候廊原は「まったく」と不平を漏らすが、彼女は気にせず用件を伝える。

「このような場所にお呼びしたのは、この男、白蓮をただちに処刑してほしいからです」

「ほう、この弑逆犯を」

わざとらしく〝弑逆犯〟の部分を強調する候廊原。

「はい。早く始末して宮廷に安寧を」

「そうだな。共謀犯の名前は吐かぬが、それも仕方ない。仲間を大切にする気持ちを尊重し、首を刎ねるか」

「貴様ら！　どこまで狡猾《こうかつ》なんだ！　皇帝陛下を弑逆しようとしたのはおまえたちだろう！」

香蘭は叫ぶ。

「なにを証拠に？」

「証拠はない」

「ならばそのようなこと、二度と口にしないことね。あなた程度の官位の娘を抹殺するなど、造作もないのよ」

香蘭は脅迫に屈しない。

「ならばそうしてください。わたしはどんなことがあっても師を守る！　あなたがたには屈しない！」

たしかな信念を込めて言い放ったからだろうか、候廊原は顔色を変える。なかなかの胆力の娘ではないか、――と思ったわけではないようだ。赤ら顔であった彼の顔はみるみるうちに蒼くなっていく。その異変に最初に気が付いたのは白蓮であった。

「香蘭、病人だ」

その言葉ですぐに候廊原の身になにかあったと察した香蘭は彼の脈を取る。心音や瞳孔も確認する。香蘭では詳しい病名までは判断できないが、なにか内臓系の疾患を抱えているようであった。香蘭は衛兵に白蓮の牢の扉を開けるように言い放つ。気迫の籠もった指示に衛兵は従おうとするが、それを制する黒貴妃。

「やめなさい。なんの権限もないものが牢を開ければ縛り首よ」

その言葉で国法を思い出した衛兵の動きは止まる。

「黒貴妃、いいのですか、このままではあなたの味方が死ぬのですよ？」

「味方？」

きょとんとする黒貴妃。きょろきょろと室内を見渡す。候廊原には一切視線を向けない。

「私に味方なんているのかしら」

などと芝居じみた台詞を発し、口元を押さえる。

「――どこまでも冷たい人だ。最初からあなたの正体を知っていれば朱霊さんは自殺なんてしなかったのに」

あるいはそれは黒貴妃に対する最大限の侮辱なのかもしれないが、彼女は気にすることはなかった。――少なくとも表面上は。

業を煮やした香蘭は陸晋に道具箱を持ってくるように指示をする。

「香蘭さん、まさか」

「そのまさかさ。わたしが手術する」

「しかし、香蘭さんに開腹手術はまだ早いって先生が」

「その先生が目の前にいるんだ。指示を仰ぎながら手術する」

その言葉を聞いた白蓮の目が輝く。

「ほう、遠隔手術《リモート・オペレーション》か。こちらの世界では初めてだな」

「ご指導、よろしくお願いします」

深々と頭を下げる香蘭、白蓮はそれを頼もしげに見つめる。一方、黒貴妃はお手並み拝見といった感じでこう言った。

「あなたたちは底なしの馬鹿ね。その豚を救えば白蓮の首が飛ぶのよ。自分を殺すものを助けてどうするのよ。もしかして恩を売るつもり？　その豚の辞書に恩なんて言葉はないわよ」

「たしかに豚は言葉を解しません」

酷い言われようであるが、候廊原は泡を吹いているのでその言葉は耳に届かない。

「しかしここで我々が彼を助けなくても白蓮殿は死刑になるのでしょう」

「確実に」

「ならば医師としての務めを果たすまで、最後まで人間であるべきです。白蓮殿も同じように思っているはず。わたしはそう思っています」

ね、白蓮殿、と視線を向けるが、もちろん、へそ曲がりの彼がまともに答えるわけがない。

「さっさと獣医に転職するぞ」

そのように纏めると手術開始を待った。


陸晋が香蘭の道具箱を取ってくると即座に手術が始まる。

白蓮は腹を切り開くまで予断できないが、と前置きした上で、急性虫垂炎と診断した。香蘭が候廊原の腹をさばき、白蓮は格子越しに覗き込むと即断する。

「盲腸ならば香蘭さんでもなんとかなりますね。開腹手術の基本ですし」

「しかし俺の住んでいた世界ならばともかく、この中原国では死病でもあるぞ」

脅しの言葉をくれる白蓮、それだけ集中して取り組め、という叱咤《しった》と受け取る。香蘭は白蓮の指示に従って盲腸部分にメスを入れる。すうっと入る銀色の鉄片。白蓮が大枚をはたいて購入したものを譲り受けたものだが、その切れ味は古今の名刀に勝った。

「指示をお願いします」

「よかろう」

偉そうに指示するが、それだけの根拠があった。分かりやすく的確に切除部分を教えてくれる。白蓮の指示に従うだけで手術は滞りなく進む。

「ほう、思ったよりも筋がいいな」

「幼き頃より、父の手術を見てきました」

「見るとやるとでは大違いだろう」

「もちろんです。白蓮殿の手術を間近で見ていなければ、どうしていいかも分からなかったでしょう」

「授業料を値上げしてもいいぞ、と訳していいかな」

「金子一枚くらいならば」

戯けてみせると香蘭の手が止まる。盲腸の切除はなんなく終わった。しかし、その周辺に病変を発見したのだ。

「これは腫瘍か」

「悪性かな、それとも良性かな」

「悪性の腫瘍を癌と呼称するのですよね」

「そうだな。良性ならば切除しなくても大丈夫だ。さて、香蘭女史、あなたはこれを切除しますか？」

「切除する――べきなのか？」

香蘭の技術でも切除できそうであったが、万が一ということもある。もしも失敗すれば付近の血管を傷つけ、大量出血させてしまう可能性がある。医療設備の整っていない地下牢ではそれは致命傷となり得る。香蘭は逡巡し、困惑したが、結局、腫瘍を切除することにした。その行動を見て白蓮は表情を変えずに尋ねる。

「なぜ、切除しようと思った」

「分かりません。勘です」

「勘か」

ははは、と笑うが、馬鹿にすることはない。

「勘とは経験と理論に裏打ちされた予想のことをいう。そしておまえの勘は当たりだ。その腫瘍は癌だよ。まだ初期段階だが」

「なんと」

「おまえはこの豚の命を救ったんだ。初めての開腹手術、なかなかだったぞ」

白蓮はそのように纏めると珍しく微笑みを浮かべた。

黒貴妃はその光景をどこか遠い国の出来事のように見つめていた。

こうして候廊原の手術は無事成功した。

命を救われた候廊原は香蘭に深く感謝し、今までの悪事を反省する——ことはなく、このような台詞を言う。

「まったく、この藪医者《やぶいしゃ》め！ おまえに切り裂かれた腹が痛くてかなわん。俺はおまえに命を救われたなどとは思っていないからな。あの場で待っていればいくらでも宮廷の名医が駆けつけてくれた」

「………………」

有り難くて言葉もないが、最初から改心は期待していなかった。香蘭は怒りを抑えながら、

「貴重な意見、ありがとうございます」

と頭を下げ、後の処置を宮廷医に任せた。

香蘭はすぐさま白蓮の無実を証明すべく動き始めるが、三日後、黒貴妃から贈り物が届けられる。白い蓮の花だ。しかし、その花の茎はぽきりと折れていた。

……なにが暗示されているか、考えるまでもないだろう。堪《たま》りかねた香蘭は東宮のもとへ行くと地に頭をこすりつけた。

「東宮様、お願いがあります」

「………………」

香蘭の必死の懇願を注意深く見つめる東宮。

「どうか、わたしの師である白蓮をお救いください。なにとぞ、あなた様のお力で彼の命をお繋ぎください」

東宮は無言で香蘭の後頭部を見つめ続けるが、途中、岳配がやってくる。すぐに事情を察した岳配は香蘭に土下座をやめるように促す。

「先日、言ったはずぞ。東宮様は摂政であらせられるが、その権力は盤石からはほど遠いと」

「それは重々承知しております。しかし、今、白蓮殿を救わなければ国難に遭遇するでしょう」

「国難とな。大きく出たな」

「はい。白蓮殿は得がたい人材です。医者としてもですが、政治的な才覚もです。いつか必ず東宮様のもとに戻り、一緒に政道を正されるでしょう」

「それは分かっている。白蓮殿が宮廷にいてくれたとき、どれほど助かったか。どれほど未来が明るかったか。もしも白蓮殿が残っていてくれたならば、わしなどとうの昔に引退していた」

「ならばなにとぞ」

「しかし、それはまかりならん」

岳配の口調は断固としたものであった。

「白蓮殿は千里の馬よりも得がたい人材であるが、東宮様はこの国には無くてはならないお方。天秤《てんびん》には掛けられぬ」

「そこを曲げて」

香蘭は岳配に詰め寄るが、彼の答えは変わらなかった。岳配は武人らしい力強さで香蘭をはね除《の》け、部屋から追い出そうとする。

「東宮様の心が乱れる。思い悩ませたくない」

岳配は心を鬼にしてそのように言い放つが、東宮は鬼に徹しきれなかった。無言で近寄ると岳配の肩を摑む。「やめよ」という意味であった。忠臣岳配は香蘭の拘束を解く。次いで吐息を漏らす。

「……東宮様、御身を引き換えにされるか」

「ああ、あいつは友だからな。友すら守ってやれない男に国が守れるとは思えない」

「しかし――」

岳配は振り向き、説得しようとするが、即座に口を閉ざす。東宮の裂帛《れっぱく》の気迫を目にしてしまったからだ。東宮はすでに戦場の人となっていた。

「……東宮様」

岳配が説得を諦めたのは、この気迫を纏った東宮を説得するのは不可能であると知っていたからだ。それに岳配はそんな東宮に惚れ込み、仕えることになったのだ。あるいは最初から説得など不可能と心の奥底では分かっていたのかもしれない。あっさりと「御意」と頭を垂れる。

「この上は臣もお供つかまつるだけ。東宮様にもしものことがあれば自刎いたしましょう」

東宮も頑固な老人を説得できないことを知っていたのでこう言い放つだけだった。

「安心しろ、その白髪首は私が必ず守る」

ふたりは頷き合うこともなく、以後、どのように白蓮を救うか話し合った。

東宮の政治的な立場を守りつつ白蓮を救う策は容易には見つからなかった。政治的な立場を気にしないでいいのならば、宮廷で候廓原を斬れば済む話であるが、それは出来ない。東宮は法律を作る立場であり、守らせる立場にあるからだ。相手が非道でも法律は遵守せねばならなかった。

「となると搦め手が必要か」

主のいない白蓮診療所に戻った香蘭は、思索にふける。

「しかし思いつかない」

香蘭は頭を振る。すると脳の端から師の言葉がこぼれ出る。

「政治とは一種の見世物だな。政治家は狸か狐だ」

その言葉はたしかに的を射ている。東宮の寵姫帰蝶を救ったとき、香蘭は皇帝の前で歌舞を披露するという奇策を弄した。中原国は法治国家であるが、人治国家の側面もある。国の偉い人が鴉《からす》は白いと言えば白になるのだ。ましてや万乗之君たる皇帝の発言力は法律さえも超越する。

「つまり皇帝陛下に白蓮殿は無実であり、東宮様に二心はないと分かって頂ければいいのか」

　それと同時に候廊原と黒貴妃が黒幕であると伝えられればこの上ない。なんの問題もなく、事件に幕を引ける。

「まあ、都合が良すぎる話ではあるのだけど」

　そのように漏らすと目の前の患者が「痛て」と声を上げる。擦り傷の治療に訪れた患者が不満の声を上げる。

「申し訳ない。ぼうっとしてしまって」

「香蘭先生、しっかりしてくれよ」

「はい」

「白蓮先生がいない今、あんただけが頼りなんだから」

「分かっております」

　香蘭は平身低頭して謝ると、陸晋に塗り薬を持ってくるように指示する。助手の作業が得意な陸晋は即座に反応するが、彼が持ってきたのは塗り薬ではなく、劇薬だった。

「陸晋、これは劇薬だ」

「す、すみません。先生がいなくなって勝手が変わってしまったもので」

白蓮はああ見えてまめなところもあるから、薬にはすべて名前が記されていた。ゆえに患者に劇薬を塗ってしまうという医療事故は避けられたが、一歩間違えば死亡事故に繋がるところだった。

「やはり診療中に考え事はよくないな」

そのように纏めるが、陸晋が片付けようとした劇薬の名前を見つめたとき――、天啓が降ってきた。

「陸晋待ってくれ！」

慌てて陸晋の側まで駆け寄ると、彼が持っていた薬瓶を取り上げる。

「わ、香蘭さん」

香蘭の豹変《ひょうへん》に陸晋は驚くが、香蘭は気にすることなく、薬瓶にある薬品名を読み上げる。

「亜硝酸アミル」

この珍妙な名前の薬は、血管平滑筋を弛緩《しかん》させ血管を広げる作用がある。狭心症などに効果があるが、もうひとつ劇的な効果を望める使用法があった。香蘭が着目したのはそちらのほうである。

「この薬が白蓮殿の命を救い、東宮様の立場を守る特効薬になるはず」

確信した香蘭は大事にそれを薬箱に入れると東宮のもとへ届けた。

†

白蓮の処刑は大安吉日に行われることになった。彼がこの地上から消え去るのを祝福しての処置ではない。単純に黒貴妃一派が一日でも早くと根回しした結果である。そこまで恨まれれば男冥利に尽きるものだが、白蓮は気にすることなく、牢獄の窓から空を見上げた。

「あの日と同じ青空だ」

一年の内、青空でない日のほうが少ない。ゆえに運命性を感じ取ることはなかったが、それでも思い出さずにはいられない。──黒貴妃が、いや、何仙姑が死刑台に上った日のことを。あの日、白蓮は死刑が執り行われるという河原へ向かった。そこには磔《はりつけ》にされた美しい女性がいた。長い牢獄暮らしでの心労を感じさせるが、それでも美しいと思える女がそこにいた。

白蓮は見物人とともに彼女を見つめる。彼女はこちらに気が付くことなく、虚《うつ》ろな瞳で遠くを見つめていた。白蓮は彼女を抱きしめたい衝動に駆られたが、それは出来ない。すでにその資格も喪失しているからだ。今、彼女が磔にされているのは白蓮のせいであった。

居たたまれなくなった白蓮はそっとその場を立ち去る。彼女の死を見届ける資格がない、といえば聞こえはいいが、要は逃げ出したのだ。あの美しかった何仙姑が血に染まる姿を見たくなかったのだ。毎日、血にまみれているくせにその程度の勇気もなかったのである。

いくじなしである過去の自分と対峙《たいじ》する白蓮、だが無情にもそのときは訪れる。仲のいい看守の足音が聞こえる。彼の手には白蓮の好物である焼き魚が乗った膳があった。死刑囚の最後の晩餐だ。白蓮は有り難く焼き魚を食すが、死を受け入れたわけではない。それを証拠に焼き魚の焼き加減に文句を付けた。看守は閉口するが、白蓮は残さず朝食を食べることで己の胆力を示した。

白蓮は河原に移送される。宮廷で死刑を執り行わないのは皇帝が住まいし住居を穢《けが》さぬための配慮である。白蓮の生まれ故郷でも近代化以前はそうだった。大抵、河原で死刑を執行していた。死刑は一種の見世物であるから、人が集まる場所で行ったほうがいいためでもあるが。

白蓮は髭を剃《そ》り、身の回りを整えると、滞りなく死刑台に上った。

そこには黒山の人だかりが出来ていた。神医白蓮の死、皇帝弑逆犯の行く末、見物人の目当てはそのふたつであるが、前者は白蓮に好意的なようで、死刑を回避するように懇願している。その多くは白蓮が命を救った患者だった。しかし、千の命を救ったものでも、皇帝を手に掛けようとしたものを許すことは出来ない。衛兵はそのように説明し、彼らを押しとどめた。

白蓮はそれを他人事のように見つめると、大人しく磔にされる。

「神妙だな、死ぬのが怖くないのか？」

死刑執行官はそのように尋ねるが、それに対する答えは明快だった。

「怖くはないさ。何千人もの死を看《み》てきた。それに——」

「それに？」

「俺の弟子が走っている姿が見える。あの運動音痴の弟子が息を切らせながら走ってきたんだ。なにか秘策でも持っているのだろう」

「弟子？」

執行官は白蓮の視線の先に注目するが、走るものの姿は見えなかった。

「磔台は少し高いだけだが、それだけでもずいぶんと違った風景が見える。何仙姑もこれと同じ光景を見ていたのだろうか」

誰に問うでもなく言う白蓮。そこに香蘭が到着する。彼女は全身で呼吸をすると、執行官に言い放った。

「神医白蓮の死刑執行、しばし待たれよ」

執行官は太陽の位置を確認する。正午ちょうどに死刑を執行しなければならない。香蘭の願いを聞き入れることは出来なかった。

「あなたにも役目があるのは知っています。しかし今から東宮様が御自らここにお出ましになり、白蓮殿の無実を証明します」

「東宮様が御自ら！」

東宮とはいつか皇帝になるもの。そのようなものの不興を買いたくないと執行官が躊躇していると、候廊原が現れて声高らかに告げる。

「死刑執行官よ。そんな小娘の言葉に耳を傾けるな」

「こ、候廊原様」

「そのものは気が触れているだけ。師の死刑を受け入れられないのだろう。いや、仮に東宮様がいらしても同じこと。法律は皇帝陛下の下位にあるが、東宮殿下の上位にある」

執行官が候廊原の言葉に耳を傾けようとした、その絶妙の瞬間に東宮は到着する。

「執行官よ、しばし待て。法に従うのは大切だが、正午までまだ時間はある」

たしかに正午を知らせる鐘の音はまだ響いていない。執行官はそれでも迷っているようだったが、東宮は彼の上司である軍務省刑部府長史、李墨《りぼく》を呼んだ。死刑執行官にとって東宮は目も眩むような立場であるが、李墨は現実感が伴う上司である。平伏《へいふく》せざるを得ない。李墨は東宮に深々と頭を下げると、

「小官に見せたいものがあるとおっしゃっていましたが、なにを見せてくださるのでしょうか？」

と尋ねた。

「軍務省刑部府長史という役目が忙しいことも、法を守る番人であることも知っている。しかし、その上でおまえに見せたいものがある」

「あの罪人を救えとおっしゃっているのですか？」

「そうだ」

「それは無理です。刑部府の役割は犯罪を調査し、刑を執行すること。あの男は国法によって死が定まっています」

「それは皇帝弑逆犯としてだろう」

「誠に畏れ多い罪」

「その通りだ。あんな父親でも殺されたらかなわん。しかし、あの男は皇帝弑逆犯ではない。女にだらしないだけの飲んべえだ」

どうも、と白蓮は手を振りたいようだが、磔にされているのでなにも出来ない。

「ではあの男の無実を証明してください」

「分かっている。私はそのために来た」

そう言うと東宮は刑部府の役人に「証拠品」であるふたつの青酸カリを持ってこさせた。東宮はそれを嗅ぐ振りをする。

「無臭だ」

青酸カリが桃や豆のような匂いがするというのは真実でもあるが、嘘でもある。粉末の状態では匂いらしい匂いはしない。それを一口舐めれば即座にあの世にいける。

「ひとつはあの男の診療所で発見されたもの、もうひとつは皇帝陛下の寝所に置かれていたもの。同じ器に入っていました」

「それを飲まされた父上が死にそうになったのだな」

「はい。あと数瞬、御典医が駆けつけるのが遅かったら間に合わなかったとか」

「それは幸運なことだ。おそらく、暗殺犯は本気で暗殺する気がなかったのだろう。白蓮を陥れ、窮地に追い込むためだけに私の父親を利用したのだ」

それだけで青酸カリを飲まされたら堪ったものではないが、皇帝というのはそのような危険と隣り合わせの地位なのかもしれない。

「しかし、器が同じである以上、あの男が犯人に相違ありません。仮に百歩譲って陰謀に巻き込まれたのだとしても、誰かが責任を負わなければ」

「そうだな。実際、父上の端女は死を賜った。責任を負わされたのだ。そういった意味でも犯人には必ず責任を取らせる」

東宮はそう言い放つと、きっと候廊原を見つめる。彼は何事もなかったかのようにその視線を無視する。

（大した玉だ。無実の娘をひとり、殺しておいてこれだものな）

このような人物が国政に関わるのは国民の不幸であった。東宮は決意を新たに宣言する。

「軍務省刑部府長史、李墨よ。おまえは皇帝の寝所にあった器と、白蓮診療所にあった器が同じだと断言したな」

「は。寸分違わず同じもの」

「しかし、その中にあった薬物が同じだとは限るまい」

「薬物も同じ青酸カリでした」

「そうかな。私には同じ色をしているだけにしか見えないが」

「飲めば分かります。どちらもすぐにあの世にいけます」

そのように冗談めかすが、次の瞬間、李墨は驚愕することになる。その言葉を聞いた東宮が、流れるような動作で白蓮診療所で発見されたほうの青酸カリを飲んだからだ。

「な、東宮様、なんということを⁉」

すぐに吐き出してください、と李墨は慌てて東宮の背中をさすろうとするが、東宮はそれを制す。

東宮は顔色ひとつ変えていない。その姿に声を失う李墨。

「………」

「私はちゃんと器の薬物を飲んだぞ」

口を開け、舌が白くなっていることも見せつける。次いで東宮は鼠を二匹持ってこさせ、それぞれに皇帝の寝所、白蓮診療所にあった青酸カリを与える。一匹は即座に痙攣《けいれん》し、仰向けになる。だが、もう一匹はぴんぴんしていた。後者は白蓮診療所から押収した青酸カリを与えた鼠である。

李墨を含め、役人たちは騒然となる。候廊原は顔を蒼くさせる。

「そ、そんな馬鹿な！」

候廊原はそのように言い放つと、鼠を調べるが、いつまで経っても元気なほうの鼠の体調が変わることはなかった。

「く、くそ、不正だ。なにか仕掛けがあるに違いない」

候廊原はそのように主張するが、彼が必死なのも仕方ないだろう。黒貴妃と組み、やっと邪魔者を始末したと思ったら、このていたらくである。それに白蓮診療所と皇帝の寝所にあった青酸カリが同じものであることは彼が一番よく知っていた。なにせ、自分が置いたものなのだから。

絶対の確信があったのだ。候廊原はしつこく詰め寄るが、彼の醜態を止めたのは彼の直属の上司である民事省尚書令、唐胤だった。颯爽と現れるなり、快刀乱麻を断つ勢いで候廊原を糾弾した。

「候廊原、往生際が悪いぞ」

「と、唐胤様」

心に後ろめたいものしかない候廊原は焦りの色を隠さない。

「おまえが部下と貴妃を暗殺した証拠、それに私を暗殺しようとした証拠はすべて揃っている」

「お、俺は、いや、私はそのようなことをしていません」

「これでも言い逃れるか！」

唐胤はそう言い放つと候廊原の家来をひとり連れてくる。繋縛された家来は情けない顔で「こ、候廊原様」と涙を流した。

「このものがすべてを話した。拷問に掛けようかと思ったが、器具を見ただけでべらべらとなにもかも話してくれたぞ」

「なんと情けないやつなのだ」

「情けない主には情けない家臣で十分です」

香蘭はそのように割って入ると、候廊原に引導を渡す。

「民事省大蔵府長史、候廊原。おまえの職権は本日付で停止された。おまえはただの候廊原だ」

「く――」

候廊原は顔を青ざめさせるが、悪あがきを見せる。

「たしかに俺は部下たちを殺したかもしれない。しかしそそのかされてやったことなんだ。皇帝陛下弑逆についてはなにも知らない」

「ほう、誰にそそのかされたのです」

「それはあの女だ！」

候廊原はいつの間にか観客の中に紛れ込んでいた黒い着物の女を指さす。

「あの女だ。あの女が部下たちの死を占い、俺に毒薬を渡した。たしかに俺が実行したが、お膳立てはすべてあの女がやった！」

一同の視線が黒貴妃に集まる。唐胤は彼女に尋ねる。

「候廊原はあのように申していますが、本当ですか？」

黒貴妃は悠然にして冷然に首をゆっくり振る。

「あのものは気が触れているのでしょう」

「な、なんだとこの奸狐《かんぎつね》め!!」

「たしかに私は大蔵府の官僚の死を占いました。しかし、それは死が見えたからです。

この異能を持って宮廷にお仕えしているのですから、人の死が見えてなにが不自然でしょうか。あの男は私の異能にかこつけて殺人を犯しただけ。いわば私も被害者です」

「しかし、候廊原はあなたも一味だと」

「なにか証拠でもありまして？」

唐胤は首をゆっくりと横に振る。有能な彼がなにも探し出せなかったということは、なにひとつ証拠を残さなかったのだろう。

「あなたは老獪《ろうかい》な人物だ。候廊原に繋がる証拠は皆無でした」

「残していませんもの――、うふふ、冗談よ。繋がっていないものを繋げることは出来ないの」

黒貴妃はそのように言うと、「それでも皆さんが疑っているようだから」と前置きした上で「芸をお見せしましょう」と言った。

「芸……？」

香蘭がそのように呟くと黒貴妃は目をつむり、祝詞のような呪詛のようなものを唱え始める。それはどんどんと大きくなっていき、やがて彼女は錯乱状態《トランス》となる。巫女などが神降ろしをする際の儀式によく似ていた。黒貴妃は狂舞を舞った後のように髪を乱し、くわりと目を見開くと、

「――死ぬ、死ぬよ」

ぞわり、と背筋が寒くなる言葉を口にした。

その姿に一同は恐怖を覚え、一言も発することが出来ない。意を決した香蘭が尋ねる。

「誰が死ぬのです？」

「死ぬのは候廊原」

「な、俺だと!? 俺は死なん。毒薬は飲んでない」

「でも死ぬよ。悶え苦しみ死ぬよ。今、死ぬよ」

「黒貴妃、それはありません。たしかに候廊原は先日、手術したばかりですが、病巣は取り除きました。わたしはそれを彼の腹を探って確認したのです」

香蘭がそのように説明すると、候廊原はその通りだ、と追随する。しかし、続く言葉が次第に不明瞭になっていく。舌足らずというか発音がおかしかった。香蘭は不穏な空気を感じる。

それをじっと見ていた黒貴妃はにやりと笑う。

「お腹の中はあなたが綺麗にしたみたいだけど、頭の中は無理だったみたいね」

「それはどういう意味ですか？」

「脳卒中の症状だ。興奮して脳の血管でも切れたのか、もとから血流が悪かったのか」

答えたのは礫にされていた白蓮である。無実を証明された彼はいつの間にか解放されていた。

たしかに候廓原は脳卒中を発症する危険度が高い体型をしていた。

「即座に手術をしましょう。今ならまだ間に合います」

香蘭はそのように勧め、白蓮も応じるが、黒貴妃だけは面白おかしげな表情をしていた。陸晋が手術道具を持ってくると、その場で手術は始まった。そしてその手術は失敗した。候廓原は亡くなったのである。

こうして黒い手薬煉事件は終幕を迎えた。唯一の証人である候廓原が亡くなった今、黒貴妃を疑うことは不可能となり、皇帝弑逆事件は有耶無耶《うやむや》のまま終わった。また東宮が毒薬を飲んでまで無実を証明したことが皇帝の耳に伝わり、白蓮の潔白も証明されることになった。

†

白蓮診療所にて。

「後味の悪い終わり方だった」

香蘭はそのように纏めるが、それは白蓮も同じだったようで仏滅に親の葬式に参加しているような表情をしていた。陸晋は上等なお茶と茶菓子を盆に乗せてやってくると、

「まあまあ」と機嫌を取った。

「結果的に白蓮先生の無実が証明されてよかったではないですか」

「最終的に黒貴妃だけが利益を得たような気がする」

「事実、その通りだからな。あの雌狐だけが無傷だった」

白蓮の言うとおりであった。黒貴妃はかつての仇敵を候廊原に始末させ、その罪をすべて候廊原になすりつけた。その上、候廊原の死を言い当てたことで彼女のカリスマ性はさらに高まったという。

「おまえという糞野郎《くそやろう》にも一泡吹かせたしな」

この台詞はたった今、診療所に入ってきた東宮のものであった。香蘭と陸晋は立ち上がり、この国の皇太子を迎えようとするが、東宮はそれを制す。

「堅苦しいのはやめだ」

東宮の人となりを知っていた香蘭たちは彼の言葉に従う。東宮は先ほどの会話を聞いていたかのように自然と話を続ける。

「しかしまあ、結果だけ見れば黒貴妃のひとり勝ちのように見えるが、国という視点から見れば汚職官吏を一掃できたという面もある」

「最初の被害者たちも実は正義に反する人だったんですよね？」

「ああ、候廊原と対立していたが、それは賄賂の確保を巡ってのこと。派閥が違うだけで同じ穴の狢《むじな》だ」

「賄賂だけでなく、黒貴妃の婚約者を追い込み、彼女を酷い目に遭わせたんですよね」

「ああ、そうだ」

「因果応報ですね」

陸晋はそのように纏める。

「そういうことだ。医者のおまえらとしては悪人も同等の命なのだろうが、私には命の軽重がある。今回、大切な命を失わなくてよかったよ」

ちらりと白蓮を見るが、彼は面白くなさそうに「ふん」と鼻を鳴らした。

相変わらずの関係性を嬉しく思っていると、陸晋が質問を発した。

「おふたりが揃うなんて珍しいので、伺いたいことがあるのですが」

「「こいつのことは嫌いだぞ」」

ふたり同時に同じ台詞を口にするところに笑ってしまうが、陸晋が聞きたいのはそのようなことではないようだ。

「いえ、僕が聞きたいのは青酸カリの秘密です。いつ、診療所から押収された青酸カリを無害なものにしたんですか？」

「ああ、あれか。あれは香蘭が考えたものだから詳細は知らぬ」

「え、詳細も知らないのに飲まれたのですか」

「まあな」

平然と言い放つ東宮。それだけ香蘭と白蓮を信頼しているということなのだろうが。

「しかし、刑場での演技はなかなかだったな」

白蓮がそう評すと、香蘭は陸晋に説明する。

「陸晋、刑場に用意された青酸カリは両方とも本物だ」

「な⁉ で、でも、東宮様はちゃんと飲まれましたよ」

「東宮様には事前に青酸カリを無害化する薬を投与した」

香蘭はそう言うと薬棚を指さす。

「亜硝酸アミル！」

陸晋が秘薬の名を叫ぶ。

「そうだ。この薬品は狭心症の薬なのだけど、もうひとつ効果がある。それは赤血球中にあるヘモグロビンをメトヘモグロビンに酸化させる効果だ」

「まったく意味が分かりません」

白蓮が補足する。

「青酸カリを飲むと毒性が大脳に回り、血管運動神経が麻痺して昏睡《こんすい》状態になる。亜硝酸アミルは赤血球中にあるヘモグロビンをメトヘモグロビンに酸化し、細胞内ミトコンドリアへの移行が抑えられる。これを投与すれば青酸カリは尿となって排出される。つまり青酸カリを無害化できるんだよ。しかし、まあ、前にチラリと教えただけなのによく覚えていたな」

「記憶力には自信があるのです」

にこりと微笑む香蘭。陸晋は感心しきりだ。

その後、香蘭の機知、陸晋の頑張り、唐胤の助力、それらに感謝を述べる白蓮。雨が降るんじゃないか、と東宮は皮肉るが、最後に友人への配慮を忘れなかった。

「一国の皇太子があの場で毒薬を飲んだからことが収まったんだ。ありがとう、友よ」

そのように纏めると、東宮は照れ笑いを浮かべ、こう言った。

「なあに、香蘭が狭心症の薬をくれたから、心の臓が大きくなっていたのだろう。次は肝が太くなる薬でも貰おうかな」

その言葉を聞いた白蓮はそれ以上、礼を言うことなく、友に酒を勧めた。気が利く陸晋はすぐさま酒と肴を用意した。白蓮と東宮は一晩中酒を酌み交わすと、取り留めのない話を語り合った。

深夜――、深酒で酔った白蓮は身体を冷やすために診療所の庭に出る。そこには野菊に水をやる少女がいた。香蘭だ。

白蓮の存在に気が付いた香蘭はにこりとして挨拶をする。

「こんばんは――というには明け方も近いですね」

「そうだな。朝まで酒とは俺もまだまだ若い」

「明日は手術の予定もないですし、迎え酒も大丈夫ですよ」

「東宮次第だな」

そのように纏めると香蘭は明け方の空を見上げる。

「明けの明星です」

「美しいな」

そのような会話をしていると日が昇ってくるが、香蘭は白蓮に尋ねたかったことがあったのを思い出す。

「そういえば黒貴妃の力は本物なのでしょうか？」

「終幕のときに見せた予言か」

「はい」

「あの後、候廊原を解剖したが、毒物の痕跡はなかった。なにか細工された痕もな」

「ならば死期を予言したことになります」

「そうだな」

「ですが、候廊原は術後間もないし、あの体型です。それにあえてあのような予言を本人に言い放つことで脳卒中を誘発させたのかも」

「かもしれない」

「後味が悪いですね」

「まあな。ひとつだけいえることは、いつかあの女と決着をつけなければならんということだ」

「そう——かもしれませんね」

香蘭はそのように同意すると、師の苦しみを分かち合いたいと思った。

†

香蘭たちがそのような会話をしていた頃、後宮の片隅に館を構える黒い貴妃は大昔の夢を見ていた。婚約者に見放され、刑場に連れ出され、礫にされそうになったときのことだ。死刑台の上は奇妙なほど空気が澄んでいた。地上より僅かに高い位置にあるだけなのに妙に遠くが見えるのだ。黒貴妃の脇を突き刺そうとする死刑執行人たちの会話も聞こえてこない。ただただ遠くが見えるだけだった。

このまま須弥山《しゅみせん》の頂きでも見えそう。そう思ったとき、黒貴妃は見てしまう。

未来を。

この先、自分がどうなるか、分かってしまったのだ。風流皇帝の貴妃が懐妊する。皇子誕生。それによって恩赦が下る。そのような未来が見えてしまったのだ。その未来は寸分違わず実現する。恩赦によって死刑だけは取りやめられた黒貴妃は牢獄から脱出すると、同じ牢獄に閉じ込められていた陰麗華の名を借り受け、占いの修行に励んだ。占いは立派な学問であり、それを修めたのちに再び宮廷の門を叩くと研鑽に励み、黒貴妃の称号を得るまでになった。占いの術と〝未来を見通す力〟で出世を果たしたのだ。

今の黒貴妃を阻むものは誰もいない。

皇后に気に入られ、皇室に食い込み、一国の大臣でさえ顔色をうかがってくる。

かつて自分を侮蔑したもの、婚約者を陥れたものは皆、排除した。

今の黒貴妃ならば中原国を陰から操ることも可能なのだ。

かつて自分を辱め、利用しようとしたものたちを皆、葬り去ることが出来る権力を手にしつつあった。

例えば今ならば黒貴妃の一言で〝神医〟と呼ばれている医者を殺すことも出来る――。

黒貴妃は戯れにその言葉を口にする。

「――白蓮を殺してちょうだい」

その言葉を発し終えると、とても空《むな》しい気持ちに包まれた。

＜初出＞

本書は書き下ろしです。

メディアワークス文庫

宮《きゅう》廷《てい》医《い》の娘《むすめ》3

冬《とう》馬《ま》 倫《りん》

2021年4月25日　初版発行

発行者　青柳昌行
発行　株式会社KADOKAWA
〒102 - 8177　東京都千代田区富士見2 - 13 - 3
0570-002-301（ナビダイヤル）
装丁者　渡辺宏一（有限会社ニイナナニイゴオ）
印刷　株式会社暁印刷
製本　株式会社ビルディング・ブックセンター

●お問い合わせ
https://www.kadokawa.co.jp/（「お問い合わせ」へお進みください）
※内容によっては、お答えできない場合があります。
※サポートは日本国内のみとさせていただきます。
※Japanese text only

※定価はカバーに表示してあります。

Printed in Japan
ISBN978-4-04-913781-1 C0193

メディアワークス文庫　https://mwbunko.com/

本書に対するご意見、ご感想をお寄せください。

あて先
〒102-8177　東京都千代田区富士見2-13-3
メディアワークス文庫編集部
「冬馬 倫先生」係

第27回電撃小説大賞《メディアワークス文庫賞》受賞作

僕といた夏を、君が忘れないように。

国仲シンジ

未来を描けない少年と、その先を夢見る少女のひと夏の恋物語。

　僕の世界はニセモノだった。あの夏、どこまでも蒼い島で、君を描くまでは――。

　美大受験をひかえ、沖縄の志嘉良島へと旅に出た僕。どこか感情が抜け落ちた絵しか描けない、そんな自分の殻を破るための創作旅行だった。

「私、伊是名風乃！　君は？」

　月夜を見上げて歌う君と出会い、どうしようもなく好きだと気付いたとき、僕は風乃を待つ悲しい運命を知った。

　どうか僕といた夏を君が忘れないように、君がくれたはじめての夏を、このキャンバスに描こう。

後宮の夜叉姫

仁科裕貴

後宮の奥、漆黒の殿舎には人喰いの鬼が棲むという——。

泰山の裾野を切り開いて作られた綜国。十五になる沙夜は亡き母との約束を胸に、夢を叶えるため後宮に入った。

しかし、そこは陰謀渦巻く世界。ある日沙夜は後宮内で起こった怪死事件の疑いをかけられてしまう。

そんな彼女を救ったのは、「人喰いの鬼」と人々から恐れられる人ならざる者で——。

『座敷童子の代理人』著者が贈る、中華あやかし後宮譚、開幕！

メディアワークス文庫